E-Z DICKENS SUPERHEROJUS TREČIOJI KNYGA:

RAUDONASIS KAMBARYS

Cathy McGough

STRATFORD LIVING PUBLISHING

Turinys

Tiems, kurie tiki...

„Didvyris - tai paprastas žmogus, kuris randa savyje stiprybės ištverti ir ištverti, nepaisydamas didžiulių kliūčių.“

Christopher Reeve

PROLOGAS

Praėjo**dveji**metai, ir buvo gruodžio pirmoji, E-Z penkioliktasis gimtadienis. Nors lauke buvo labai šalta, o aplinkui mėlynavo snaigės, jis su šeima ir draugais tvirtai nusprendė surengti vakarėlį lauke, kur buvo įrengtas laužas, kad būtų šilta, ir kepsninė.

Dabar, kai Samanta ir Samas buvo susituokę, Dikensų namuose buvo dar daugiau darbo. Niekada nebuvo nuobodu, kai aplankydavo draugai.

Sam ir Samantos vestuvės buvo nedidelė ceremonija, vykusi Civilinės metrikacijos biure. Lia buvo pamergė, E-Z - geriausias vyras, o Alfredas, gulbė trimitininkė, - žiedų nešėjas.

Lia juokėsi iš Alfredo, nes jis buvo apsirengęs tamsiai mėlyną peteliškę ir nieko daugiau. Alfredas nesutriko dėl tokio dėmesio, nes žinojo, kad yra geroje kompanijoje su kitais, pavyzdžiui, buvusiais Didžiosios Britanijos ministrais pirmininkais.

„Jei didysis Vinstonas Čerčilis manė, kad peteliškė jam buvo pakankamai gera, tai ir man ji pakankamai gera!" pasakė Alfredas.

„Jis taip pat rūkė didelį storą cigarą!" E-Z pasakė. „Tikrai tikiuosi, kad tu irgi nepradėsi rūkyti".

Lia šyptelėjo.

„Kepsniai paruošti!" Samas sušuko. „Jei mėgstate retus, ateikite jų pasiimti dabar".

Į priekį su paruošta lėkšte išėjo tik Samanta. „Jūsų sūnus šiandien trokšta retų", - pasakė ji, glostydama pilvą.

„Ko mano sūnus nori, tą ir gauna, - pasakė Samas ir pakėlė kepsnį į žmonos lėkštę. Ji išpjovė viduriuką, o vyras prie jo pridėjo keptą bulvę ir kelias šparagų gijas.

Samanta kramtė šparagus ir nuėjo prie pikniko stalo. Ji iki smulkmenų suplanavo E-Z gimtadienį ir daug laiko praleido puošdama patį stalą su gimtadieniu susijusiais daiktais. Ji atsisėdo ir perpjovė keptą bulvę per pusę, tada įdėjo grietinės, laiškinių česnakų, sviesto ir kelis sykius druskos.

E-Z, Lia, Alfredas, PJ ir Ardenas pasiliko vietoje, nes prie laužo dažniausiai būdavo šilčiau. Dėdė Semas nemėgo, kai žmonės šmirinėjo aplink, kai jis prižiūrėjo kepsninę, todėl jie laikėsi atokiau nuo jo. Be to, jie visi mėgo gerai iškeptus laužus, be to, tai suteikė jiems galimybę pabendrauti vieniems ir pasišnekučiuoti.

„Ką manote apie mūsų superherojų svetainę?" E-Z paklausė.

PJ ir Ardenas pažvelgė vienas į kitą, tada gūžtelėjo pečiais.

„Nagi, - tarė E-Z. „Ką iš tikrųjų apie ją manote? Žinau, kad jūs peržiūrėjote svetainę, nes dėdė Samas padėjo man peržiūrėti duomenis. Net neįsivaizdavau, kad galime sužinoti tiek daug informacijos, pavyzdžiui, kas lankosi mūsų svetainėje, kiek laiko joje užtrunka, ką žiūri. Ir aš atpažinau jūsų IP adresus. Taigi, pasakykite, ką apie tai manote?"

„Visa tiesa? Be jokių užuolankų?" PJ pasiteiravo.

„Žiauri tiesa?" Ardenas pridūrė.

„Taip", - įkalbėjo E-Z. Jis nuleido balsą iki šnabždesio. „Dėdė Semas puikiai atliko savo darbą. Vis dėlto mes nesiorientuojame į tinkamą auditoriją, nes beveik nesulaukiame jokio srauto. Be jūsų dviejų ir Prancūzijoje esančio IP adreso, beveik neturėjome jokių patekimų.

„Keletas žmonių, kaip ir jūs, jie kelis kartus sugrįžo ir patikrino svetainę, bet ilgai neužsibūna. Dėdė Samas pasiūlė, kad gal reikėtų pradėti naujienlaiškį, kad žmonės užsiregistruotų, ir siųsti jiems naujienas, bet aš nežinau. Šiais laikais visi rengia naujienlaiškius ir atrodo, kad tai daug darbo. Dėdė Semas man parodė, kad yra užsiregistravęs maždaug penkiasdešimtyje jų!

„Kalbant apie pagalbos prašymus, dėl kurių ir įkūrėme svetainę, kol kas mūsų prašė tik to, ką tvarko vietos pareigūnai, pavyzdžiui, policija ir ugniagesiai. Man nepatinka mintis, kad mes skubame gelbėti katės, užvirtusios ant medžio, o ugniagesiai paširodo su visa ekipuote ir atlieka tą patį darbą. Tai neefektyvu ir jiems, ir mums. Ir nepatogu, kai jie pasirodo kaip tik tada, kai mes baigiame darbą. Jų laikas brangus - jie kasdien gelbsti gyvybes. Tai nepagarbus jausmas, jei suprantate, ką turiu omenyje. Jie gelbsti gyvybes ir budi dvidešimt keturias paras per parą.

„Manau, kad mums reikia, jog prašymai nebūtų jų sferoje, kad negaištume jų laiko ir neapsunkintume jų darbo dar labiau, nei jis jau yra. Atsiprašau už tokią ilgą kalbą, bet, kai pagalvoju apie viską, ką jie padarė, po nelaimingo atsitikimo su mano tėvais...“

PJ ir Ardenas pasilenkė arčiau ir šnabždėjosi. Jie nenorėjo įžeisti Semo jausmų - juk jie nebuvo ekspertai - ar rizikuoti, kad jis juos išgirs ir sudegins jų kepsnius.

„Mes visiškai suprantame, ką norite pasakyti, - pasakė PJ. „Be to, policija ir ugniagesiai yra būtinosios tarnybos, ir jiems mokama už tai, kad gelbėtų žmones. O jūs esate savanoriai.“

„Vadinasi, jų interneto svetainė ir jų buvimas socialinėje žiniasklaidoje skiriasi nuo to, koks turėtų būti jūsų“, - pasakė Ardenas. „Ir jie turi daugybę darbuotojų, įvairių lygių, kad viską prižiūrėtų ir atnaujintų.“

„Tuo tarpu jūsų svetainei reikia kažko labiau superherojiško - jei tai apskritai žodis - ir mažiau korporatyvinio. Kaip legendos, tie, kurių pėdomis sekate. Pažvelkite į kai kurias jiems sukurtas svetaines - ir jie yra išgalvoti personažai. Įsivaizduokite, ką galėtume padaryti, jei pasektume jų pavyzdžiu", - sakė Ardenas.

„Kaip ką? Žinau, kad turite idėjų, tad pasidalykite, - tarė E-Z.

„Na, kaip turbūt supratote, mes dviese surengėme smegenų šturmą. Ir sukūrėme inscenizacinę svetainę - ji nėra gyva ir nebus, kol jos nepatvirtinsite - kaip galėtų atrodyti jūsų svetainė. Ji yra mano telefone. Pažiūrėkite ir pamatysite, ką turime omenyje, ir pagalvokite apie galimybes, nes tai padarėme gana greitai". PJ paspaudė startą. Trys pasilenkė į vidų.

Ekrane pirmiausia pasirodė žodžiai: „Sveiki atvykę į *Trijų* superherojų svetainę". Paskui jis priartino animuotą E-Z vaizdą. Jis sėdėjo vežimėlyje, kaip ir buvo galima tikėtis, vilkėjo juodus marškinėlius, mėlynus džinsus ir avėjo bėgimo batelius.

E-Z patrumpino plaukus, kai pamatė, kaip panašiai į buteliuką atrodo juodas dryželis viduryje jo šviesių plaukų. Jis niekada negalėjo prie to priprasti.

„Kas tai, ant mano marškinėlių, džinsų ir batų? Ar tai logotipas? Ir kaip mane pavertėte karikatūra?"

„Taip, tai logotipas. Manėme, kad angelo sparnas yra šaunus ir tinkamas, - pasakė Ardenas.

„Mes naudojome programėlę, kad tave paverstume karikatūra", - pasakė PJ. „Šiek tiek pakoregavome tavo rankas. Tikiuosi, kad nepersistengėme".

E-Z'as atidžiau pažvelgė, kaip animacinė jo versija sukryžiavo rankas. Dabar jo dėmesį patraukė ganėtinai stambesni dilbiai ir skruostai paraudo. Jis atrodė kaip ponaitis, pozuotojas. Ar jo draugai tikrai manė, kad taip jis atrodo geriau? Jis susiraukė, kai ekrane pasirodė E-Z ant sparnų. Jis pakibo ore ir parodė pirštu.

Tai buvo pirmoji pažintis su Lija. Ji taip pat atvyko animuotu pavidalu. Lija nuo galvos iki kojų buvo apsirengusi violetiniu kombinezonu su peteliške. Jos šviesūs plaukai buvo tvirtai surišti į uodegą, o ant akių buvo uždėti violetiniai akiniai nuo saulės. Eidama per ekraną ji atrodė žvali, draugiška ir miela. Ji pasisuko ir sustojo, tarsi modelis ant podiumo, ir pozavo.

E-Z nusišypsojo; jis negalėjo susilaikyti.

„Na, bent jau neatrodau kaip pozuotoja su netikrais raumenimis!" - pasakė ji.

E-Z nieko nekomentavo.

Animacinė Lia ištiesė rankas į priekį, delnais atsirėmusi į žemę. Tada, voila, ji jas pasuko. Kairė jos delno akis atsivėrė, paskui dešinė. Sinchroniškai jos užsimerkė. Lia laikė pozą, tada švilptelėjo pro pirštus.

„Norėčiau tikrai taip daryti!" - pasakė ji, bandydama imituoti animacinę savo versiją.

E-Z švilptelėjo.

„Pasirodyk", - pasakė ji ir alkūne stumtelėjo jį.

Dabar ekrane pasirodė Mažoji Dorrit. Ji buvo elegantiška ir moteriška, balta kaip sniegas. Vienaragė nuskrido prie Lijos, nusileido ir nuleido galvą, kad mergaitė galėtų ją paglostyti. Lia įšoko į automobilį, o Mažoji Dorrit nuskrido šalia E-Z. Jos pakibo, paskui pasuko galvas.

Tai buvo Alfredo ženklas. Animacinio filmo pavidalu jo ryškiai oranžinis snapas atrodė blizgantis šviesoje. Tai buvo tiesioginis kontrastas jo saldainio obuolio raudonai peteliškei. Kai jis ėjo link Lijos ir E-Z, jo tinklinės kojos gniuždė lyg siurbtukai.

„Mano kojos neskleidžia tokio garso!" pasakė Alfredas.

„Ech, jos taip pat", - šyptelėjo E-Z, kai Alfredas ekrane išskleidė sparnus ir nuskrido į dviejų bendražygių pusę.

Trys pozavo. E-Z stovėjo viduryje, kairėje stovėjo Lia, dešinėje - Alfredas. Tada tai įvyko. *Trys* - na, Lia ir E-Z iškėlė nykščius į viršų. Alfredas savo ruožtu parodė į viršų pakeltus sparnus.

„Tai gėdinga", - sušnabždėjo E-Z Alfredui.

„Ne juokauju!"

Tai buvo Ardeno balsas, bet jo tonas buvo žemesnis. Jis skambėjo kaip žaidimų laidos vedėjas.

„Jei jums reikia superherojaus... E-Z, Lia ir Alfredas - dar žinomi kaip *Trys* - yra jūsų paslaugoms dvidešimt keturias valandas per parą, septynias dienas per savaitę. Skambinkite telefonu ***-***-**** arba siųskite žinutę per socialinius tinklus.

Kai jums reikia, kad kas nors jums padėtų... Skambinkite *Trejiems*. Jie jums padės... nedelsiant. Galite jais pasikliauti... nes jie yra geriausi, kokius tik galite pamatyti. Dvidešimt keturias valandas per parą, septynias dienas per savaitę... pasitenkinimas garantuotas".

„O dabar didysis finišas, - pasakė Ardenas.

Trys sudėjo rankas ant krūtinės. Alfredas sulankstė sparnus.

„Ech, tai neįmanoma", - pasakė Alfredas.

Vienas po kito iškišę smakrus į priekį *Trys* užėmė pozą.

PJ paspaudė pauzę.

„Atsižvelgiant į tai, ką sakėte apie jurisdikcijas, mums gali prireikti pakeisti šį gabalėlį", - pasakė jis. Jis paspaudė startą.

„Joks darbas mums nėra per didelis ar per mažas!" Pasigirdo kompiuterinė E-Z balso versija.

Tada ekrano centre esantis apskritimas ėmė suktis ir suktis, tarsi wi-fi, bandantis rasti signalą. Dabar ekraną užpildė žodis BAM! Paskui pasirodė žodis SOCKO!

Jie stebėjo, kaip E-Z gelbėjo katiną, įstrigusį aukštai medyje.

„O, brolau, - pasakė jis.

Jo animacinio personažo balsas tęsėsi.

„Mes esame Trys
Mes čia dėl tavęs!
Medyje įstrigęs katinas...
Mes jį nuleisime už tave!"

Buvo parodyta, kaip E-Z perduoda išgelbėtą katiną šeimai.

„Ech, to niekada nebuvo", - pasakė jis.

„Mes šiek tiek pasinaudojome poetine licencija", - prisipažino Ardenas.

„Mes galime pataisyti viską, kas jums nepatinka", - pasakė PJ.

Dabar ekrane vėl pasirodė ratas, kuris vis sukosi ir sukosi. Kai jis sustojo, ekrane pasirodė žodis BANG! Po jo sekė žodis ZIP!

Ekrane animacinis E-Z išgelbėjo lėktuvą, pilną keleivių. Kai jis nutupdė lėktuvą, šimtai ant pakilimo tako laukiančių stebėtojų plojo.

„Dabar tai jau labiau panašu", - pasakė jis.

Ekrane E-Z pasakė,
„Nes mes esame tavo draugai!
Mūsų paslaugos nemokamos.
24/7
Nes mes esame *Trys*!"
Vėl ratas, besisukantis ratu. Po to - BINGO! Ir BAM!

Dabar kalnelių gelbėjimas buvo atkurtas animacine forma. Tai buvo labai gerai. Toks tikslus, kad buvo galima užuosti saldainių siūlų ir karamelinių kukurūzų kvapą.

„O!" E-Z pasakė.

Lia plojo.

Alfredas kilstelėjo kaklą iš vienos pusės į kitą, tarsi neseniai būtų apipurkštas labai šaltu vandeniu.

„Man patinka!" Lia ištarė. „Ir ačiū, kad įtraukėte mano mėgstamiausią spalvą. Iš kur žinai?"

„Pastebėjau, kad dažnai ją dėvi, - pasakė PJ. Jo skruostai paraudo. „Labai džiaugiuosi, kad ji tau patinka."

„Ką manai, E-Z?" Ardenas paklausė.

Alfredas žvilgtelėjo E-Z kryptimi.

„Tai buvo..." E-Z pasakė: "Geros pastangos."

„Vakarienė paruošta, ateikite ir pasiimkite!" Samas sušuko.

„Tegul gimtadienio berniukas eina pirmas, - pasakė Samanta.

E-Z su Alfredu nuėjo per kiemą.

„Kalbame apie puikų laiką", - pasakė jis.

„Taip, tie du vis dar yra plunksnagraužiai", - atsakė Alfredas.

„Bet jų širdys yra tinkamoje vietoje. Tai protingas sumanymas, tik mums šiek tiek per didelis".

„Šiek tiek?" Alfredas iškošė.

„Gerai, daug, bet jie pabandė. Galime pasilikti tai, kas mums patinka, o likusio atsikratyti".

Kai visi suvalgė savo maistą, susėdo prie pikniko stalo ir valgė. Dangus pasikeitė, ir ryškios žvaigždės užpildė dangų aplink juos. Jie pavalgė iki soties, tada Samanta atnešė iškeptą gimtadienio tortą ir visi sugiedojo „Su gimtadieniu!".

„Kalba! Kalba!" Ardenas sušuko ir netrukus visi prisijungė.

E-Z kelias sekundes susimąstė.

„Ačiū, kad padarėte mano penkioliktąjį gimtadienį ypatingą. Norėčiau minutėlę prisiminti mamą ir tėtį ir pasidalyti su jumis gimtadienio prisiminimais. Jei galima? Pažadu, kad nesiplėsiu".

Visi linktelėjo galva.

Samanta, kuri nuo tada, kai tapo nėščia, visada buvo sopulinga. Nesvarbu, ar tai būtų laimės, ar sėdimos ašaros, vieną nusišluostė dar jam net neprasidėjus. „Man viskas gerai, - pasakė ji, kai Semas apkabino ją ranka.

„Tai buvo per mano penktąjį gimtadienį. Nenorėjau vakarėlio, vietoj to paprašiau nueiti pažiūrėti filmo. Užuot ieškoję laikraštyje, kad sužinotume, kas bus rodoma, nusprendėme tiesiog ateiti ir vietoje nuspręsti, ką žiūrėti. Jie pasakė, kad galiu rinktis, nes buvau gimtadienio berniukas."

Jis akimirkai užmerkė akis.

Jis vėl atsidūrė teatre. Ten stovėjo mama, apsivilkusi striukę. Ji buvo užsidėjusi ausines ir taip, kaip visada, trindavo rankas. Mama visada mūvėdavo pirštines ir skundėsi, kad jai šalta nuo pirštų.

Tėtis buvo apsivilkęs mėlyną paltą iki kelių ant džinsų. Jis nemėgo į miestą nešioti kepurės, nes ji gadindavo plaukus. Jo rankos buvo be pirštinių. Įkištas į palto kišenę kartu su raktais.

E-Z pakvėpavo oru. Teatro viduje jis jautė sviestinių popkornų kvapą, laukė, kol jie įeis ir užsisakys.

Jie žiūrėjo į plakatus.

„O kaip dėl šito?" - paklausė jo mama.

„Ne, E-Z nori šito?" - pasakė tėtis.

Jis vėl atmerkė akis.

Užuot buvęs kieme su šeima ir draugais, jis vėl buvo bunkeryje - ir vėl. Jis nebuvo ten grįžęs nuo tada, kai archangelai nesilaikė susitarimo.

„Su gimtadieniu!" - sušuko balsas sienoje.

Sienoje šalia jo atsidarė skydelis ir iš jo iššoko keksiukas. Ant viršaus buvo užrašyta: „Su gimtadieniu, E-Z". Viduryje jau buvo uždegta viena žvakė.

„Mėgaukitės!" - pasakė balsas ir numetė ant stalo šalia jo peilį ir šakutę.

„Ech, ačiū", - tarė jis. „Kodėl aš čia?"

„Laukimo laikas - keturios minutės", - pasakė įkyrus balsas. „Prašome likti sėdėti."

Tarsi jis būtų turėjęs kokį nors pasirinkimą.

SKYRIUS 1
GIMTADIENIS NUTRAUKTAS

E-Z nelietė priešais sėdinčio keksiuko, nors jis atrodė ir kvepėjo puikiai. Jis svarstė, kas vyksta jo vakarėlyje. Bent jau žinojo, kad jie negalėjo pjaustyti torto, kol jis neužpūs žvakučių ir nepareikš pageidavimo. Kažkoks gimtadienio vakarėlis namuose, kai jo ten net nebuvo!

„Ištraukite mane iš čia!" - sušuko jis. „Aš praleidžiu savo paties penkioliktojo gimtadienio vakarėlį ir buvau viduryje pasakojimo".

Bunkerio stogas prasivėrė ir Erielis kaip žaibas audroje pakilo link jo.

„Malonu vėl tave matyti, buvęs protežė, - tarė jis.

„Jausmas nėra abipusis. Kodėl aš čia esu? Maniau, kad su jumis baigta, o šiandien mano gimtadienis - turiu grįžti prie jo."

„Taip, atsiprašau už laiką - bet negalėjome praleisti tavo gimtadienio bent jau nepasveikinę".

„Ech, ačiū, manau."

„O kadangi jau esi čia, kodėl tau nepasivaišinus savo gimtadienio keksiuku? Ir nepamiršk sugalvoti norų - tau prireiks bet kokios pagalbos!" - šyptelėjo archangelas.

Šalia E-Z atsidarė langas ir iš jo išėjo mechaninė ranka su uždegtu degtuku. Ji uždegė dagtį, paskui taip greitai pasitraukė atgal į sieną, kad degtukas pats neužsidegė.E-Z pažvelgė į mirgančią žvakę. Jis susimąstė, ką reiškia paskutinis komentaras, bet pamanė, kad Erielis jį užgauliojo. Jo smegenyse pasidarė tuščia. Jis negalėjo sugalvoti nė vieno dalyko, kurio galėtų norėti. Išskyrus tai, kad jis buvo grįžęs į namus su draugais ir šeima švęsti savo gimtadienio. Kai jis užpūtė žvakę, Erielis užtraukė dainą. Tai buvo siautulinga daina: „Nes jis yra linksmas geras vaikinas, to niekas negali paneigti".

„Neįsižeisk, - tarė E. Z., - bet tau skirta dainuoti „Su gimtadieniu".

„Svarbiausia mintis, - pasakė Erielis. „Dabar, kai baigėme gimtadienio dalį jūsų vizito, norėtume sužinoti, ar jau išsprendėte mįslę?"

„Mįslę? Kokią mįslę?"

„Taip, pasiūlėme tau pabandyti rasti sąsajų - savo ankstesniuose bandymuose. Prisimeni, kai sakėme, kad nenorime tavęs maitinti šaukštu? Ar tau pasisekė tai padaryti?"

„O, man tai neatrodė prioritetas ar mįslė, kurią turėčiau išspręsti, ypač po to, kai jūs atsisakėte savo pasiūlymo. Bet taip, aš rašiau savo užrašų knygelėje, užsirašinėjau dalykus, kuriuos iki šiol nuveikėme, ir pastebėjau porą sąsajų su žaidimais, bet jos buvo grynai atsitiktinės.“

„Atsitiktinės! Tikrai ne. Įvykiai yra susiję - tai gali pamatyti kiekvienas!“ Erielis kalbėjo tyliai, kad neprarastų savitvardos.

„Ech, atsiprašau, bet atsitiktinumų pasitaiko nuolat. Ar žinai, kiek vaikų žaidžia kompiuterinius žaidimus? Aš ieškojau internete. Nuo 2011 metų rašoma, kad devyniasdešimt vienas procentas vaikų nuo dvejų iki septyniolikos metų žaidžia kiekvieną dieną. Tai maždaug šešiasdešimt keturi milijonai vaikų visame pasaulyje“.

„Aha, vadinasi, jūs tai nustatėte. Tai gerai. Ką dar apie tai išsiaiškinote? Arba kokių nors rūpesčių? Bet kokia priežastis, dėl kurios turėtumėte atlikti daugiau tyrimų - tyrimai yra gerai. Iniciatyva yra labai, labai gerai.“

„Ne. Esu gana užsiėmęs, turiu kitų reikalų - mokyklą ir dar ką nors. Be to, jei nori, kad toliau tuo užsiimčiau - pirmiausia turėsi mane įtikinti, kad tai kažkas daugiau nei sutapimas. Aš patikrinau dar keletą statistinių duomenų. Pavyzdžiui, merginų žaidėjų yra daugiau nei bet kada anksčiau. Daugelis jų sukūrė verslus „YouTube“ ir užsidirba pragyvenimui. Žinoma, ne vaikai, bet iš statistikos, kurią skaičiau internete, nuo

2019 m. keturiasdešimt šeši procentai žaidėjų yra mergaitės."

Erielis bakstelėjo ilgu ir kauliniu pirštu į smakrą, tarsi svarstydamas tai, ką jam papasakojo E-Z. „Ak, ir vėl esu sužavėtas. Tau šie statistiniai duomenys nekelia nerimo?"

„Ne, nemanau." Jis giliai įkvėpė praradęs kantrybę dėl praleisto gimtadienio. „Ar svarbu, kad tai padarytume šiandien? Ar negalėtum manęs čia atvežti kitą kartą? Nieko, apie ką kalbame, neatrodo kritiškai svarbu."

Erielis nustojo baksnoti ir jo dešinysis antakis pakilo. Jis žvilgtelėjo į gimtadienio šventės dalyvį.

„O gal taip ir yra?" E-Z pasiteiravo.

Erielis palaukė prieš atsakydamas. Jis apvyniojo liežuviu žodžius, tarsi jam būtų sunku juos ištarti. Jis pakėlė balso aukštį iki soprano ir tarė: „An-y-tin-g el-se a-bou-t tho-se t-wo in-ci-de-nts? An-y-thin-g to ca-use a-l-a-rm? Norėdamas su-kurti p-prieš tave?"

E-Z norėjo, kad Erielis viską išsakytų tiesiai šviesiai ir pereitų prie reikalo. Jis nenorėjo susigundyti teigdamas tai, kas akivaizdu, arba klysti.

„Rafaelis buvo teisus, tu esi šiek tiek storas".

„Ei!" E-Z sušuko. „Jei tau reikia mano pagalbos, tai tu ją sieki gauti labai keistu būdu." Jis perbraukė pirštu per keksiuko glajų ir čiulpė pirštą. Skonis buvo geras, tarsi cukraus vata. „Žudymas. Vienas bandė mane nužudyti, o kitas žudė žmones parduotuvėje. Abu sakė, kad jų motyvai buvo susiję su žaidimu".

„Jaučio akis", - pasakė Erielis.

„Ir?"

„Nesvarbu!" Eriel išnyko pro lubas, dainuodama: „Storas kaip plyta, storas kaip plyta, storas kaip plyta, storas kaip plyta".

E-Z pakėlė kumščius į orą. „Grįžk čia ir sakyk man tai į akis!"

Erielės juokas skambėjo, atsispirdamas nuo sienų.

PFFT.

„Ech, ačiū", - tarė E-Z ir atsidūrė grįžęs namo, į savo vakarėlį. Visi buvo užsiėmę, žaidė žaidimus, užsiėmė savais reikalais - tarsi jo ten visai nebūtų buvę, o jo nebuvo.

Jis stebėjo, kaip Samas ėmėsi savo eilės prie kopėčių kamuolio. Jam tai nelabai sekėsi, bet E-Z vis tiek nuėjo ir stebėjo jo antrąjį bandymą. Baigęs metimą ir visiškai nepataikęs į taikinį, jis nuėjo prie sūnėno.

„Matau, kad vis dar bandai įvaldyti šį žaidimą, - pasakė E-Z.

„Taip, tai įgytas talentas. Beje, kur tu nuėjai?"

„Erielis, be kita ko, norėjo pasveikinti mane su gimtadieniu".

„Ech, tai buvo gražu iš jo pusės. Ar ne?"

„Na, tu juk pažįsti Erielį. Jis niekada nieko nedaro be motyvo. Šiuo atveju jis norėjo, kad užmegzčiau ryšį, paremtą prisiminimais".

„Kokiu prisiminimu? Tavo tėvų? Nelaimingo atsitikimo?":

„Ne, jis norėjo, kad susietų du teismo proceso iniciatorius. Ką, beje, ir padariau. Tada jis išėjo, sakydamas, kad esu storas kaip plyta".

„Kaip nemandagu!" Lija sušuko. Ji klausėsi, nes jai buvo be galo nuobodu dėl kamuolio mėtymo žaidimo.

„Ir dar per tavo gimtadienį", - pasakė Alfredas. Jis buvo dar beviltiškesnis už Samą, nes turėjo mėtyti kamuoliukus snapu.

„Nori pabandyti?" PJ paklausė, paduodamas kamuolį E-Z, kuris pakeitė kėdės padėtį priešais taikinį ir metė kamuolį. Jis pataikė į viršutinį laiptelį, kelis kartus apsisuko ir nusileido aukščiausioje pozicijoje.

„Štai kaip tu tai darai!" pasakė Samas.

„Mes su PJ per visas rungtynes mėtėme tokius metimus, - pasakė Ardenas.

„Aha, bet tu ne mano sūnėnas", - atsakė Samas.

Vakarėlis tęsėsi tol, kol sutemo ir nebebuvo galima žaisti jokių žaidimų, ir visi nusprendė nebespėlioti. PJ ir Ardenas nuėjo namo, o E-Z ir likusi gauja nuėjo miegoti.

SKYRIUS 2
TROUBLE

Praėjus**dviem**dienoms po E-Z gimtadienio vakarėlio, PJ ir Ardenas pateko į keblią situaciją.

Tai buvo Lija, kuri turėjo viziją, kad kažkas negerai. Ji prisiminė viziją Alfredui ir E-Z: „Jie buvo tarsi patekę į transą. Jie abu sėdėjo prie savo darbo stalų ir žiūrėjo į tuščius kompiuterių ekranus".

„Nieko čia neįprasto, - pasakė E-Z. „Jie juk dažnai kartu žaidžia žaidimus, o gal jie miegojo".

„Atmerktomis akimis?"

„Gerai, eikime ten", - pasakė E-Z.

„Tai vidury nakties!" Alfredas sušuko.

„Vis dėlto geriau patikrinkime".

Trys išslinko iš namų, nusprendę pirmiausia eiti pas PJ, nes jo namai buvo arčiausiai.

„Nemanau, kad jo tėvai įvertins tokį vėlyvą apsilankymą", - pasakė Alfredas.

„Jie supras, - pasakė Lija ir paskambino į lauko duris.

Po akimirkos duris pravėrė labai mieguistas vyras, trindamas akis ir vilkėdamas pižamą - PJ tėvas.

„Kas čia?" - pašaukė iš vidaus mama.

„Tai PJ draugai", - pasakė tėvas. „Ar kas nors atsitiko?"

„Ech, - pasakė E-Z, - atsiprašau, kad trukdau, bet mums tikrai reikia pamatyti PJ. Tai skubu."

„Tuomet geriau įeikite", - pasakė PJ tėtis.

SKYRIUS 3
PRIEŠ

Vakare PJ ir Ardenas dirbo prie superherojų svetainės. Jie atnaujino informaciją ir pridėjo keletą naujų elementų.

Anksčiau, kai ateidavo pagalbos prašymas, į pašto dėžutę būdavo išsiunčiamas elektroninis laiškas. Kitą kartą prisijungę prie sistemos, žmonės jį pamatydavo ir atitinkamai atsakydavo. Naudodamiesi naująja sistema, E-Z, Ardenas ir PJ tekstinius pranešimus gaudavo iš karto.

Be to, prašymo prašantis asmuo gautų automatinį atsakymą su laiko žyma. PJ ir Ardenas buvo įsitikinę, kad šis automatizuotas atnaujinimas padidins pasitikėjimą ir į svetainę pritrauks daugiau lankytojų.

PJ ir Ardenas taip pat sukūrė „YouTube" kanalą su podkastu. Tai buvo kažkas naujo, ką jie sugalvojo per smegenų šturmo sesiją. Jie džiaugėsi galėdami apie tai papasakoti E-Z. Tai būtų puikus būdas padidinti

„*The Three*" žinomumą internete. Jie taip pat sukūrė bendruomenės valdybą atviroms diskusijoms.

Sistema taip pat suskirstė gaunamus pranešimus į kategorijas. Pavyzdžiui, katės gelbėjimas nuo medžio. Trys buvo gavę daugybę prašymų suteikti šią paslaugą. Kadangi vietos pareigūnai turėjo daugiau galimybių atsiliepti į šiuos skambučius, PJ ir Ardenas paskelbė mėlynąjį kodą.

Mėlynasis kodas reiškė, kad kol E-Z atvyko gelbėti katės, ji jau buvo išgelbėta. Mėlynasis kodas reiškė, kad jis turėtų palaukti, pažiūrėti, ar situacija jau išspręsta, ir tik tada vykti.

Geltonas kodas galėjo reikšti, kad kažkas pamiršo raktus arba užrakino juos automobilyje. Vėlgi, kol E-Z atvyko į vietą, situacija jau buvo išspręsta. Vėlgi, prieš išvykstant patariama palaukti ir patikrinti.

Suskirstę mėlynuosius ir geltonuosius kodus, E-Z ir jo komanda galėtų sutelkti dėmesį į svarbesnius iškvietimus, t. y. raudonuosius kodus.

Raudonasis kodas buvo tada, kai grėsė pavojus gyvybei ar galūnėms. Nuo tada, kai buvo sukurta interneto svetainė, „Trys" gavo nulį šios kategorijos prašymų.

Patenkinti tuo, kiek daug nuveikė, jie nusprendė nuleisti garą. Jie prisijungė prie daugelio žaidėjų žaidimo.

„Trys merginos, - PJ parašė Ardenui.

„Mes galime jas paimti!" - atsakė jis.

Žaidimas prasidėjo ir iš pradžių viskas vyko kaip visada. Jie triuškino merginas, kildami lygis po lygio, žudydami viską, kas pasitaikydavo akyse. Staiga viskas sustojo.

SKYRIUS 4
PJ'S HOME

Dabar *Trys* ir PJ tėvai koridoriumi nuėjo į jo kambarį. Tai, ką jie išvydo, dažniausiai atitiko Lijos įsivaizdavimą. Skirtumas tas, kad kompiuterio ekranas vis dar buvo įjungtas. Jis mirksėjo ir mirksėjo, o PJ atrodė kietai miegantis.

„Kas jam nutiko?" paklausė PJ motina. „Jis turėtų būti lovoje ir miegoti. Pažvelk į jo laikyseną. Jis tikriausiai dehidratuotas. Atnešiu jam stiklinę vandens".

PJ tėvas perėjo per kambarį ir pakratė sūnaus pečius. Jis tikėjosi, kad sūnus atsibus, bet jis neatsibudo. Vietoj to jis susmuko ant kėdės ir būtų nukritęs ant grindų, jei tėvas nebūtų jo pagavęs. Jis nunešė sūnų ir paguldė ant lovos.

Grįžo PJ motina, padėjo vandenį ant staliuko, tada priglaudė lūpas prie sūnaus kaktos. „Karščiavimo nėra", - pasakė ji.

PJ tėvas pakėlė sūnaus dešinįjį voką ir pamatė, kad matosi tik akių baltymai. „Skambinkite greitajai pagalbai", - sušuko jis.

„Ne, manau, kad turėtume paskambinti mūsų šeimos gydytojui, daktarui Flanelui", - pasakė PJ motina. „Jis ir anksčiau yra čia lankęsis namuose. Kai būdavo skubus atvejis - o tai tikrai yra skubus atvejis".

„Ponia Handle, - pasakė E-Z, - jam viskas bus gerai".

„Žinoma, kad bus, - atsakė ji, kai ponas Handle'as išėjo iš kambario skambinti daktarui Flanelui".

Kai jis grįžo, visi kartu tyliai laukė ir stebėjo miegantį PJ. Tarsi tikėjosi, kad jis pašoks ir pradės kvailioti. Būtų buvę visai kaip jis, jei būtų išdykavęs. Apgaudinėti juos.

Ponas Rankelė buvo neramus, sėdėdamas šokinėjo koja aukštyn ir žemyn. Jis atsistojo, perėjo per kambarį ir pasilenkęs pažvelgė į kietąjį diską. Pakėlė koją, tarsi ketindamas jį išmušti, bet paskutinę akimirką persigalvojo ir ištraukė laidą iš lizdo.

Jie žiūrėjo, kaip ponas Rankelė pradėjo drebėti visu kūnu, kol numetė kištuką. Jis apsisuko ir ėjo link jų. Už jo iš kietojo disko veržėsi dūmai. Po kelių sekundžių įtrūko monitoriaus ekranas.

„Griebkite gesintuvą!" sušuko Alfredas, bet E-Z jau buvo pagriebęs stiklinę vandens ir metęs ją ant dėžės. Jis šnypštelėjo ir prisijungė prie ekrano abu visiškai negyvi.

PJ motina pribėgo prie vyro ir padėjo jam atsisėsti. „Gydytojas, kai atvyks, galės ir tave apžiūrėti, - pasakė ji. „Tau taip pasisekė. Negaliu pakęsti, kad jūs abu būtumėte sužeisti".

„Man viskas gerai", - pasakė ponas Rankelė.

Bet Trejiems jis neatrodė gerai. Jis buvo išblyškęs, šiek tiek žalias ir šiek tiek pilkas.

„Nesikarščiuokite, - pasakė ponas Rankelė. „Ačiū už greitą mąstymą, E-Z". Tada žmonai: „Gerai, kad atnešei to vandens".

„PJ labai supyks, kai pamatys, kad jo kompiuteris sugadintas".

„Dabar, dabar, dabar", - pasakė ponas Handle'as. „Jis supras."

Jis akivaizdžiai pildėsi geriau, nes Trys pastebėjo, kad jo kvėpavimas normalizavosi, kaip ir blyškumas.

Kadangi atrodė, kad viskas tvarkoje, E-Z paminėjo Ardeną. „Kol lauksite gydytojo, mums tikrai reikia patikrinti Ardeną. Manome, kad jo būklė gali būti panaši".

„Jie dažnai žaidžia kartu, bet kas, po velnių, galėjo tai sukelti?" - "Jie dažnai žaidžia kartu, bet kas, po velnių, galėjo tai sukelti? paklausė ponas Rankelė.

„Nežinau, bet ar neprieštarausite, jei nueisiu patikrinti Ardeno?"

„Eik tu, - tarė ponia Handle.

„Lia liks čia su jumis", - pasakė E-Z. „Ji gali mus informuoti, o jei prireiks, tuoj pat sugrįšime".

„Ačiū, E-Z, ir Alfredui, - tarė ponas Handlis, palydėdamas juos iki lauko durų.

SKYRIUS 5
ARDEN'S HOME

E-Z ir Alfredas nuvyko pas Ardeną. Jiems dar nespėjus pasibelsti, duris atidarė Ardeno tėvas Lesteris.

„Iš kur žinai?" - paklausė jis.

E-Z negalėjo jam pasakyti tiesos. Todėl vietoj to jis improvizavo melą. „Ech, aš visą gyvenimą buvau geriausias Ardeno draugas, todėl tarsi žinau, kai kažkas negerai. Ar galiu jį pamatyti?"

„Žinoma, užeik į jo kambarį, - pasakė Ardeno mama ponia Lester. „Nesijaudink. Jis tik miega. Ryte jam viskas bus gerai."

Ponas Lesteris paėmė žmoną už rankos ir nuvedė ją koridoriumi iki tos vietos, kur kietai miegojo Ardenas.

„O, - sušuko Alfredas, kai jį pamatė. „Jis atrodo lyg ištiktas šoko".

„Pažvelk jam po vokais, - pasakė ponas Lesteris.

E-Z patraukė savo draugo voką atgal. PJ vyzdys buvo matomas, bet PJ lėliukė buvo didesnė ir atrodė, kad bet kurią akimirką gali sprogti iš akiduobės. Jis vėl užspaudė virš jo voką.

Alfredas krūptelėjo. Štai ką išgirdo Lesteriai. Tai, ką jis pasakė, buvo: „Kas, po velnių, galėjo tai sukelti? Baimė? Ar kažkas rimtesnio, pavyzdžiui, priepuolis?"

E-Z gūžtelėjo pečiais neatsakydamas. Lesteriai ir taip buvo pakankamai išsigandę ir įsitempę, be to, jie tik spėliotų.

„Kur tiksliai jį radote?" E-Z paklausė.

„Jis sėdėjo prie kompiuterio, - pasakė ponia Lester.

„Ar buvo įjungtas ekranas?" - paklausė jis.

„Taip, buvo, - atsakė ponas Lesteris. „Mes paskambinome savo šeimos gydytojui. Jis dabar užsiėmęs, turi kitą skambutį, bet ketina su mumis susisiekti".

„Jie jau iškvietė gydytoją pas PJ, daktarą Flanelą. Leiskite man paskambinti Lijai ir sužinoti, ar jis jau nustatė diagnozę".

„Jos beveik tokios pat, - pasakė jis.

„Ką turi omenyje, beveik?"

Jis išlėkė ratais iš kambario. Nereikėjo jaudinti Lesterių dar labiau, nei jie jau buvo. Jis sušnabždėjo į telefoną: „Jo mokiniai vis dar matomi, bet jie didžiuliai. Kaip žaizdos, tuoj sprogs!"

„O, bjauru!" Lija ištarė. „Gal jam reikėtų važiuoti į ligoninę?" "Jie paskambino šeimos gydytojui, bet jis nepasiekiamas. Taigi, praneškite man, kai tik daktaras Flanelis pareikš savo nuomonę, ir aš ją perduosiu.

Galbūt norėsite jam papasakoti apie Ardeno akį ir sužinoti, ar jis patartų nedelsiant hospitalizuoti.“

„Taip ir padarysiu. Susisieksiu su jumis.“

Jis viską paaiškino Lesteriams. Jie žvelgė į priekį tuščiais veidais. Jis nerimavo, kaip jie visa tai priima.

„Ar kas nors norėtų puodelio arbatos?“ Paklausė ponia Lester.

„Ne, ačiū“, - pasakė E Z. Ponia Lester buvo iš tų mamų, kurios tikėjo, kad arbata gali išspręsti daugumą problemų.

Ponas Lesteris nusekė paskui žmoną į virtuvę.

„Ar paprastai neprisidedi prie jų žaidimų?“ - ‚Ne‘, - atsakė E. L. Alfredas pasiteiravo dabar, kai jie su E-Z liko vieni su Ardenu.

Kartais, - atsakė E-Z, - bet pastaruoju metu, jei turiu laisvo laiko, dažniausiai jį praleidžiu rašydamas. Pastaruoju metu neturiu daug laisvo laiko.“

„Suprantama. Atsiprašau, jei per daug kabinėjuosi“.

„Ne, viskas gerai. Turiu labiau susitvarkyti. Darbai mokykloje darosi vis sudėtingesni, juk žinai, kad mes einame karjeros ir studijų baigimo keliu. Jie nori, kad žinotume, kur einame, o mes dar net nežinome, kur esame.“

„Prisimenu tas dienas, bet tu viską suprasi. Šiaip ar taip, džiaugiuosi, kad nežaidėte su jais to žaidimo - antraip galėjote atsidurti toje pačioje būsenoje, kaip ir jie.“

„Tiesa. Neįsivaizduoju, kas galėtų juos taip išgąsdinti... jei taip nutiko. Turiu omenyje, kad žaidimas yra žaidimas - ne realybė. Tai turėjo būti velniškai įdomios varžybos".

Lesteriai grįžo į sūnaus kambarį.

„Kas nutiko?" ponia Lester iškošė.

Ardeno akių vokai dabar buvo atsivėrę ir atskleidė visą baltą vidų. Jo, kaip ir PJ, vyzdžiai buvo išnykę.

E-Z pajuto déjà vu jausmą, kai ponas Lesteris perėjo per kambarį ir pasilenkęs jį atjungė.

„Sustok!" E-Z sušuko. „Nelieskite jo!"

Ponas Lesteris sustingo vietoje.

„Ponas Handle vos nenukentėjo nuo elektros srovės, kai jį palietė. Geriausia būtų palikti jį ramybėje."

„O, ačiū Dievui, kad buvai čia ir mane įspėjai", - pasakė ponas Lesteris.

„Taip, ačiū tau, E-Z. Negalėčiau susitvarkyti, jei abu mano sūnus ir vyras būtų sužeisti. Aš tiesiog negalėčiau." Ji perėjo per kambarį ir apkabino vyrą.

„Po to jo kompiuteris sugedo, ekranas įtrūko, iš jo veržėsi dūmai", - paaiškino E-Z. „Taigi, PJ kompiuteris šnypštė, kepė - skrudino. Tuo tarpu Ardeno kompiuteris vis dar sveikas. Jei sugalvosime, kaip į jį patekti - saugiai - galbūt pavyks išsiaiškinti, kas jiems nutiko. Pirmiausia turiu paskambinti dėdei Samui ir paprašyti jo pagalbos. Jis yra techniškas informatikas, todėl žinos, ką daryti."

„Palaukite, - tarė ponia Lester. „Nori pasakyti, kad ir PJ, ir Ardenas yra, tas pats?"

Jis linktelėjo galva.

„Visada sakiau, kad kompiuteriai yra blogis!" - pasakė ji. „Mano Ardenas yra sportininkas. Jis turėtų sportuoti lauke, o ne sėdėti prie kompiuterio ir švaistyti laiką". Ji verkė vyrui į krūtinę, o jis ją apkabino.

„Kompiuteriai reikalingi mokykloje, - pasakė ponas Lesteris. „Mūsų sūnus nepadarė nieko blogo ir esu tikras, kad jis bet kuriuo metu sugrįš į senas vėžes. Jam reikia šiek tiek užsidaryti. Šiek tiek pailsėti, štai ir viskas. Jam viskas bus gerai."

Alfredas sušuko.

E-Z gavo žinutę į savo telefoną. „Lia sako, kad daktaras Flanelis liepė jiems palikti PJ ten, kur jis yra. Jis sakė, kad jo akys pačios turėtų grįžti į normalią būseną. Jis sako, kad PJ neatrodo, jog jam ką nors skauda. Jo širdies plakimas ir pulsas normalūs. Jam reikia poilsio."

„Ačiū, - tarė ponas Lesteris.

„Ačiū, kad užsukote, - tarė ponia Lester. „Pranešime jums, jei bus kokių nors pokyčių."

E-Z ir Alfredas po ilgo vizito išėjo, susitiko su Lija ir visi kartu parėjo namo.

„Negaliu nustoti galvoti, - pasakė E-Z, - ar šis reikalas su PJ ir Ardenu nėra skirtas išbandymui. Erielis užsiminė, kad turėčiau dėl kažko nerimauti. Kad net turėčiau norėti to siekti. Jei taip yra, nesu tikras, kaip turėčiau tai sutvarkyti. Ar turi kokių nors idėjų? Išskyrus tai, kad dėdė Samas padėtų mums patekti į Ardeno kompiuterį - aš čia visiškai pasimetęs."

„Keista, jei tai yra bandymas, - pasakė Alfredas. „Juk teismai yra praeities dalykas, ar ne?"

„Taip ir yra, bet jei PJ ir Ardenas sužeisti, tuomet neturėčiau kito pasirinkimo, kaip tik įsitraukti. Nors archangelai ir nesilaikė mūsų susitarimo".

„Jie abu atrodo tokie, iš jo. Ko jie tikisi iš tavęs? Tu juk neturi gydomųjų galių ar dar ko nors, - tarė Alfredas.

„Bet tu turi!" Lija pasakė.

„Turiu, bet tada, kai jos yra panaudojamos. Bandžiau bendrauti su jų mintimis. Bet jie buvo tarsi tušti. Negalėjau jų pasiekti. Norint juos išgydyti, turėtų būti kažkoks ryšys. O man nebuvo su kuo susijungti.

„Vis klausiu savęs, ar turėčiau kviesti į pagalbą Arielį. Ji yra gamtos angelas. Galbūt ji gali ką nors pasiūlyti arba padaryti tai, ko negaliu padaryti aš."

„Tai daug žadanti mintis, - pasakė E-Z.

WHOOPEE

Arielė atkeliavo.

„Kas atsitiko?" - paklausė ji.

Alfredas paaiškino situaciją.

E-Z paklausė, ar tai nėra teismo procesas, kurį archangelai bando įsukti po fakto.

„Bet kuriuo atveju turi padėti savo draugams", - pasakė ji. „Tu juk nori jiems padėti, ar ne?" - "Nori padėti.

„Žinoma, noriu, bet tai, ką turiu daryti, kokių veiksmų imtis teismo procese, paprastai būna akivaizdžiau."

„Ar negirdėjau šnekų, kad nemoki imtis iniciatyvos?" Arielė pasiteiravo.

„Ar jūs siūlote, - pasiteiravo E-Z, išlaikydamas tylų balsą, kad neprarastų savitvardos. „Kad archangelai mano draugus į komą panardino tam, kad išbandytų mano iniciatyvą?"

Arielė nusišypsojo. „Ne, nieko panašaus nesiūlau. Bet jei tai būtų išbandymas, ką tuomet darytum, kad jiems padėtum?"

„Kai prieš mane pastatomas išbandymas, mano smegenys įsijungia. Žinau, ką daryti, kad jį sutvarkyčiau, ir imuosi to daryti. Šiuo atveju neturiu jokio supratimo, ką daryti, kad jį ištaisyčiau. Jiems gresia medicininis pavojus. Aš nesu gydytojas."

Arielė sukryžiavo rankas. „Ką bandei, Alfredai?"

„Bandžiau užmegzti ryšį su abiejų jų mintimis. Paprastai, jei galiu išgydyti žmones ar būtybes, yra ryšys - toks, kurio nenutraukė išorinė jėga. Abiem atvejais buvo taip, tarsi durys būtų užtrenktos ir aš negalėčiau jų pralaužti."

„Tuomet pats sau atsakėte į klausimą, - tarė Arielė. „Ar dar kuo nors galiu tau padėti?"

„Nelabai padėjai, - pasakė Lija.

Alfredas atsiprašė.

WHOOPEE

Ir Ariel dingo.

„Neturėtum su ja taip kalbėti", - pasakė Alfredas. „Jei ji būtų galėjusi mums padėti, ji būtų padėjusi".

„Atsiprašau, bet man apmaudu, kai jie nežino daugiau nei mes. Jie juk archangelai! Jie turėtų žinoti kažką, ko mes nežinome, kitaip kokia prasmė jiems?" Lia pasiteiravo.

„Nori pasakyti, kad Hanielis visada sugeba išspręsti bet kokią problemą?" - "Ne.

Lia gūžtelėjo pečiais. „Man neteko daug jų aptarti."

E-Z pasakė: „Erielis yra nenaudingas. Kaskart, kai prašydavau jo pagalbos, jis jos nesuteikdavo. Taip, jis duodavo patarimų. Sakė, kad viską išsiaiškinčiau pati.

„Pavyzdžiui, kai paskutinį kartą jis mane pasikvietė, užsiminė apie kažkokį sąmokslą, arba ryšį, kaip jis tai pavadino.

„Kai atspėjau, kas tai - žaidimai - kad yra ryšys, jis vis tiek buvo nenaudingas. Norėčiau, kad jei jie tai pasakytų. Vienaip ar kitaip, tada galėsiu susitelkti į tai, kaip iš šios situacijos ištraukti du savo draugus."

„Supranti, ką turiu omenyje?" Lija pasakė. „Visi archangelai yra visiškai nenaudingi".

„Hanielis tau padėjo, kai susižeidei akis, - priminė jai Alfredas.

Lia atsuko jam nugarą.

„Tikėkimės, kad daktaras buvo teisus ir jie abu ryte bus savimi", - tarė E - Z. „Tai viskas, ką galime padaryti."

Dabar, atvykę į namus, jie išėjo į galinį kiemą. Jie pasisveikino su Mažąja Dorite, stebėjo besileidžiančią saulę ir kalbėjosi apie kitą savo žingsnį.

E-Z aptarė keletą dalykų, kurie jam nedavė ramybės. Baltajame kambaryje jie jį skatino sujungti taškus. Visai neseniai Erielė padėjo jam susiaurinti jų ratą.

Jis peržvelgė viską, ką jam papasakojo mergina parduotuvėje. Kaip ji paėmė įkaitų, kaip žaidime. Kaip ji dėvėjo kostiumą, kad atrodytų kaip žaidimo premijų medžiotoja.

Paskui jis peržvelgė berniuko prie namų detales. Vaikinas atvirai pasakė, kad jį nužudyti E. Z. pasiuntė balsai žaidime, o jei jis to nepadarys, bus iššudyta jo šeima.

Tada jis pagalvojo apie Erielį ir kitų arkangelų dalyvavimą bandymuose. Dabar į tai buvo įsitraukę PJ ir Ardenas.

Ar archangelai būtų juos įtraukę, kad jį sučiuptų? Ar tai buvo jo kaltė - kad per lėtai sprendė galvosūkį, kurį jie jam davė? Archangelai sakė, kad su juo baigta. Jie atšaukė bandymus, ir jis džiaugėsi, kad jie baigėsi. Kodėl jie sugrįžo ir bando užmegzti su juo naują ryšį? Tai negalėjo būti sutapimas.

Jis atvėrė burną pasakyti Alfredui ir Lijai, apie ką galvojo, - vietoj to vėl nusileido atgal į bunkerį. Tik šį kartą vietoj metalinio konteinerio jis buvo stiklinis ir jis buvo be savo kėdės.

SKYRIUS 6
ATVIRKŠČIAI ŽEMYN

E-Z buvo pakibęs stikliniame burbule žemyn galva ir stebėjo žalią, žalią žemės žolę. Jis buvo aukštai virš jos, ir jam taip skaudėjo galvą, kad jis bijojo, jog ji sprogs ir išsibarstys po visą konteinerį. Bet, laimei, kažkas jį laikė. Kas tai buvo, jis nežinojo.

Skirtingai nei kitus kartus, kai buvo bunkeryje, jis nebuvo pritvirtintas (arba jo kėdė nebuvo) į vietą. Kitas dalykas, kuris jam kėlė nerimą, šitaip kabant žemyn galva, tai, kad jis nematys ateinančio Erielio. Jis taip pat negalėtų užuosti jo kvapo.

Vos tik jis pagalvojo apie Erielį, konteineris pasislinko. Jis bijojo nukristi. Norėjo už ko nors griebtis, bet nebuvo už ko griebtis, išskyrus orą. Jis apsivijo save rankomis. Tada pajuto judesį. Stiklinė kamera pasisuko pagal laikrodžio rodyklę šimto aštuoniasdešimties laipsnių kampu. Jo galva iš karto pasijuto geriau, aiškiau, ir jis sutelkė dėmesį į tai, kaip išsivaduoti. Kuo greičiau, tuo geriau.

Tačiau per vėlai, daiktas pasislinko, tada pasisuko dar šimtu aštuoniasdešimčia laipsnių. Jis grįžo ten, kur ir pradėjo.

„Sveikas, Dudis", - sušuko Erielis, spausdamas veidą prie stiklo. Tada jis trinktelėjo ir sušnabždėjo: „Įleisk mane, įleisk mane".

„Ištrauk mane iš čia!" E - Z sušuko.

„Nusiramink, - kūkčiojo Erielis. „Tu esi čia iš mano širdies gerumo. Norėjau tau asmeniškai pasakyti: tavo draugams gresia pavojus".

„Tu turi omenyje PJ ir Ardeną?" Erielė linktelėjo galva. „Na, aš tai jau žinau! Tu didelis šaunuolis!"

„Lazdos ir akmenys sulaužys man kaulus, bet vardai manęs niekada nesužeis", - dainavo Erielė.

„Jei tu manęs iš čia neišvesi - tuoj pat - tada aš tau padarysiu daugiau, nei gali padaryti lazdos ir akmenys!"

Erielis bakstelėjo kauliniu pirštu į smakrą. Galų gale jis vis dar buvo dešinėje pusėje, o tai buvo pranašumas, palyginti su ta perspektyva, kurioje buvo E-Z.

„Norėjau, kad žinotum, jog, nors tavo draugams gresia pavojus, tau nereikia nerimauti. Jiems negresia superherojų pavojus". Jis padarė pauzę. „Mažas paukštelis man pasakė, kad manai, jog mes bandome prasmukti pro tave su dar vienu išbandymu... Na, taip nėra. Palikite juos likimo valiai.“

„Ką turite omenyje, kad jiems negresia superherojų pavojus?“ E-Z sušuko.

Erielis dingo ir stiklinis indas nukrito. Jis sumirksėjo, atsistatė. Jis vėl nukrito. Tai tęsėsi ir tęsėsi, kol jis buvo tikras, kad netrukus jo kaukolė kaip kiaušinis subyrės ant grindinio.

Tada jis pamatė Alfredą, ant vejos krašto kramtantį žolę.

„Ei!“ E-Z sušuko. „EI!“

Alfredas nustojo valgyti ir priėjo prie jo. Jis išvydo savo draugą, kabantį žemyn galva stikliniame burbule.

„Ką tu ten veiki?“ - paklausė gulbė trimitininkė.

„Eriel!“ E-Z sušuko.

„Užteks kalbėti. Eisiu pažadinti Semo. Tikiuosi, jis žinos, ką daryti, kad tave iš ten ištrauktų“.

„Gera mintis ir paprašyk, kad jis atneštų mano kėdę“.

Kol laukė, E-Z keikė save. Jis praleido progą pareikalauti iš Erielio daugiau informacijos. Jis elgėsi kaip auka. Jis nuvylė du geriausius savo draugus.

Jis sukūrė planą. Kai išeisiu iš čia, surasiu Erielį ir priversiu jį papasakoti, kaip išgelbėti PJ ir Ardeną. Priversiu jį prisiekti, kad jis daugiau niekada manęs į tokią padėtį nestatys.

Palaukite minutėlę. Jei PJ ir Ardenui nebūtų iškilęs superherojų pavojus. Kokiame pavojuje jie buvo? Ar juos apskritai reikėjo gelbėti? O gal daktaras Flanelis buvo teisus sakydamas, kad jie tai įveiks ir netrukus grįš į savo senąją būseną?

Jam nepatiko teiginys „palikti juos likimo valiai". Jis tikėjo, kad mes patys kuriame savo likimus, o du jo draugai buvo komos būklės. Jie negalėjo sau padėti, todėl jis ketino jiems padėti. Nesvarbu, ką sakė Erielis.

Galiausiai išėjo dėdė Semas, rankoje mojuodamas dideliu įrankiu. „Tai stiklo pjaustytuvas, - pasakė jis. „Žinojau, kad vieną dieną jis pravers, kai nusipirkau jį per vieną iš tų infomeracijų per televiziją. Jie sakė, kad jis gali perpjauti stiklą kaip sviestą. Pažiūrėsim, ar tai buvo melaginga reklama". Jis pjovė aplink dugną. Lėtai. Atsargiai.

„Ei, paskubėk, aš čia dūstu! Jei patekės saulė, iškepsiu".

„Kantrybės, berniuk", - tarstelėjo Alfredas.

„Jau beveik ten", - pasakė Samas. Jis atsiklaupė ant kelių ir pasistūmėjo į priekį, kai pjaustytuvas perpjovė konteinerio dugną. Tuo tarpu jo pėdkelnių keliai siurbčiojo nuo rasotos vejos. „Darau prielaidą, kad Erielis kažkaip susijęs su tuo, kad tu ten esi?"

„Patvirtinu."

Samas baigė pjaustyti ir paleido sūnėną, tada padėjo jam įsėsti į vežimėlį.

„Ačiū, dėde Samai."

„Nėra už ką. O dabar paaiškink, prašau?"

„Aš per daug pavargęs. Ir esu per daug susinervinęs, kad galėčiau paaiškinti. Ar galime tai padaryti ryte?"

Saulė, stumdamasi horizonto link, raudonavo krauju.

Po kelių valandų E-Z turės patikrinti savo draugus. Jis tikėjosi, kad jiems viskas bus gerai. Grįžta į normalią būseną. Tuomet jam nereikės daugiau nė akimirkos apie tai galvoti. Jei ne... jei ne. Na, bet kokiu atveju viskas bus geriau, kai jis šiek tiek išsimiegos.

„Aš galiu jam viską paaiškinti, - pasiūlė Alfredas.

„Ką tu apie tai žinai? Turėjau ant tavęs rėkti, kad atkreipčiau tavo dėmesį“.

„O, aš viską mačiau. Kaip manai, ką aš čia veikiau? Laukiau, kol paprašysi pagalbos. Nenorėjau nutraukti tavo Eriel laiko“.

„Nutraukti. Labai juokinga. Gerai, užpildyk jį. Aš einu šiek tiek pamiegoti. Esu per daug pavargęs, kad galėčiau daugiau galvoti.“ Jis įvažiavo ratais nuo rampos į namus ir visiškai apsirengęs krito į lovą.

E-Z sapnavo, kad tai buvo jo septintasis gimtadienis. Jo tėvai buvo išsinuomoję uždarą virtualių žaidimų parką. Jis buvo pakvietęs iš viso dvylika vaikų, taigi jų buvo trylika, o vienoje komandoje turėjo būti papildomas žaidėjas. Kadangi tai buvo jo diena, jie sušaukė komandas ir paskutinis išrinktas žmogus pateko į jo komandą. Jie pasivadino „Ball Breakers“. Kita komanda, kuriai vadovavo Kyle'as Marshallas, vadinosi „Bat Shitz“.

„Negalite naudoti tokio pavadinimo“, - užkalbino E-Z komanda. „Tai beveik keiksmažodis“.

„Ak, pagalvok dar kartą", - pasakė Maršalas. „Rašoma Shitz. Mes pavadinti mano šuns vardu. Ji yra Šic-hu."

„Žaiskime", - pasakė E-Z.

PJ ir Ardenas buvo E-Z komandoje. Tornadų trijulės komanda spardė šikšnosparnių Šitų komandos užpakalius, kol visi buvo per daug pavargę, kad galėtų pajudėti.

„Maistas patiekiamas, - sušuko E-Z mama. Tėvai laukė gretimame restorane. Jie buvo užsisakę daugybę picų, kibirus gaiviųjų gėrimų ir galiausiai tortą su žvakutėmis.

Vaikai kartu išėjo iš žaidimų zonos. Netrukus Ardenas suprato, kad paliko savo beisbolo kepuraitę.

„Aš negaliu jos palikti! Turiu grįžti!"

„Mes eisime su tavimi", - pasakė E-Z. „Duok man sekundę, kad pasakyčiau mamai."

„Aš jai pranešiu", - pasakė netoliese buvęs Kyle'as.

E-Z, PJ ir Ardenas grįžo atgal. Neradę kepurės, jie ėjo toliau.

„Ji turi būti kažkur čia!" Ardenas pasakė.

„Tikrai nemaniau, kad jis yra taip toli", - pasakė E-Z.

„Tie grifai suvalgys visą picą, kol mes grįšime", - pasakė PJ.

„Nesijaudink, ponia Dikensas mums sutaupys šiek tiek maisto. Ji žino, kad ilgai neužtruksime."

Koridorius išsiplėtė į kitą pastatą, į kitą vietą. Priešais juos stovėjo milžiniška giljotina. Viršuje, virš ašmenų, buvo Ardeno kepurė. Ant pačios geležtės buvo užrašas. Iš jo vis dar lašėjo raudoni dažai arba kraujas. Jame buvo parašyta: „Galva eina čia.“

„Ar mes sapnuojame?“ Ardenas paklausė. „Nes man tikrai taip labai nereikia mano beisbolo kepurės.“

„Klausyk. Balsai, - pasakė E-Z.

Šnabždesiai, labai tyliai, bet šnabždesiai. Pirmiausia tai buvo vieniša moteris. Paskui prisijungė kita, duetas. Paskui prisijungė dar viena ir sudarė trio. Šnabždesiai virto giesme.

„Negaliu suprasti jokių žodžių“, - pasakė PJ.

Balsai dainavo,

„B-link ir tu miręs.

B-link ir tu mirsi.

B-link and you're dead, B-link and you're dead“, skambant dainai ‚Happy Birthday to you‘.

„Tai baisu!“ PJ pasakė.

„Grįžkime atgal, - pasakė Ardenas, kai durys, pro kurias jie įėjo, užsitrenkė ir koridoriumi aidėjo žingsniai.

Žingsniai pasigirdo vis garsiau.

KLAUSIMAS. CLANK. CLANK.

Grandininis smėlis. Artėja arčiau. Pėdos su batais. Vienas kareivis. Labai aukšta figūra su gobtuvu. Neša kažką sidabrinio: peilių galąstuvą.

Pasiekusi giljotinos papėdę, figūra su gobtuvu iš kišenės išsitraukė plunksną. Pridėjo ją prie ašmenų. Ji perpjovė ją kaip sviestą. Vis dėlto jis nuėjo į priekį ir galandino ją toliau. Galąsti ašmenis, jis niūniavo sau po nosimi, tarsi mėgaudamasis savo darbu.

„Tarsi giljotinos ašmenys nebūtų pakankamai aštrūs!" PJ sušnabždėjo. „Ištraukite mane iš čia!"

Ardenas pribėgo prie durų ir ėmė jas daužyti. „E-Z, tu turi mus išvesti iš čia! Tu turi mums padėti! Prašau, padėk mums!"

PRANEŠIMO ĮKĖLIMAS.

Ekrane pasirodė PJ ir Ardeno veidai. Jie ištarė du žodžius:

„PERSPĖKITE JUOS".

E-Z pabudęs išgirdo, kaip dėdė Samas kumščiais trenkė į jo miegamojo duris. „Kelkis, E-Z, mes negalime rasti Lijos!"

Dabar, kai jau buvo pabudęs, jis suprato, kad ji bandė su juo susisiekti. Norėdama jį informuoti. Jis patikrino savo telefoną. Žinutė su atnaujinta informacija.

„Viskas gerai, - pasakė E-Z, - ji su PJ. Pasakyk Samantai, kad jai viskas gerai. Netrukus turiu nuvažiuoti pas jį ir Ardeną. Kur Alfredas?"

„Jis sode, - atsakė Sam. „Ar nori pusryčių prieš eidamas?"

„Tiktų sumuštinis su keptu sūriu. Ačiū."

Apsirengęs E-Z galvojo apie savo svajonę. Vaikinai kalbėjosi su juo per bendrą įvykį, kurį jie patyrė būdami septynerių metų. Jam reikėjo išsiaiškinti, apie ką visa tai. Įspėti juos? Įspėti ką konkrečiai? Tai buvo neabejotina užuomina, bet ką konkrečiai jie norėjo, kad jis įspėtų?

Taip, jis buvo tvirtai įsitikinęs, kad jie bando jam kažką pasakyti, bet ką konkrečiai? Jam vėl kilo klastingas įtarimas, kad visa tai susiję su Eriel.

Pirmiausia jis nuvyko į Ardeno namus, o vargšas vaikinas, kaip ir anksčiau, gulėjo savo lovoje kaip zombis. Prie jo stovėjo gydytojas, kai E-Z ir Alfredas įėjo į vidų.

„Kokia diagnozė?" E-Z paklausė.

„Pirmiausia išveskite iš čia tą paukštį!" - sušuko gydytojas.

Alfredas, protestuodamas, krūptelėjo ir nuėjo. Lauke jis kramtė žolę ir valėsi plunksnas.

Gydytojas pažvelgė į poną ir ponią Lesterius: „Kiek norite, kad šis vaikas žinotų?"

„Tai E-Z, jis yra vienas geriausių Ardeno draugų."

„Žinau, kas jis toks, mačiau jį per televiziją gelbstint žmones".

E-Z nežinojo, ką atsakyti, todėl nieko nesakė, bet jam nepatiko šio gydytojo požiūris.

„Ardeną ištiko koma".

„Taip, taip ir maniau. O, tai kada jis iš jos išeis? Daktaras Flanelis iš Handle namų - ten PJ yra tokios pat būklės - sakė, kad jis netrukus grįš į normalią būseną".

„To aš nežinau. Jo kūnas jį nuo kažko saugo, todėl jis atsibus, kai bus pakankamai sveikas. O kol kas siūlyčiau, kad kas nors būtų su juo dvidešimt keturias paras per parą". Tada kreipėsi į Lesterius:

„Galbūt būtų geriausia, jei abu padirbėtumėte, kad pasamdytumėte slaugytoją. Galiu ką nors rekomenduoti. Jei galite dirbti iš namų, taip būtų geriausia. Per porą dienų vėl su jumis susisieksiu.“

„Po poros dienų“, - pakartojo ponas Lesteris.

Ponia Lester išvedė gydytoją iš namų.

E-Z sekė paskui ją. „Jei galiu padėti, atlikti pamainą šalia jo, nedvejodama kreipkitės. Dabar einu pas PJ. Lija jau ten, ji parašė, kad jis toks pat“.

„Informuokite mus ir perduokite meilę PJ šeimai“.

„Padarysiu“, - pasakė E-Z, kai jiedu su Alfredu vėl susitiko. Abu atsiplėšė nuo žemės ir nuskrido į PJ namus.

Skrisdamas greta Alfredas pasakė: „Man nepatiko tas daktaras. Kai žmogus yra negailestingas gyvūnams... aš juo nepasitikiu“.

„Aš tave suprantu, bet jis tik dirbo savo darbą“.

„Mes, gulbės, nesukėlėme jokių epidemijų ar... nesvarbu. Pamiršau apie paukščių gripą - bet tai įvyko dėl žmonių“.

Jie nusileido prie PJ namo, kur Lia laukė jų atidariusi duris.

„Kaip jums abiem sekasi?“ - paklausė ji.

„Gerai, - atsakė Alfredas.

„Aha, jis šiek tiek susinervinęs, nes Ardeno gydytojas jį išvarė iš kambario, bet man viskas gerai, ačiū. O tu?“

„Man gerai, bet PJ tėvai kraustosi iš proto ir nėra jokių atsigavimo ženklų“.

„Ar jie perskambino gydytojui?“ Alfredas paklausė.

„Ne. Jis suteikė jiems vilties, bet daugiau nieko, daugiausia, kad jis išsikapstys. Bet aš nerimauju, kad jis klysta". Ji padarė pauzę, šiek tiek paraudusi.

„O, dar vienas dalykas, kai laikiau jo ranką". Ji žvilgtelėjo į juos abu. „Jis, na, nesu tikra, ar aš tai įsivaizdavau, ar jis iš tikrųjų tai padarė - bet man atrodė, kad jis ją suspaudė."

„Ech, ačiū, kad pasilikai su juo. Turėtume su jo tėvais keistis pamainomis, kad niekas per daug nepavargtų. Dabar gali eiti namo ir praleisti šiek tiek laiko su mama. Ji tikriausiai domisi apie tave". Jis jokiu būdu neketino užsiminti apie rankos laikymą.

„Tada aš išeisiu, kai tu tai padarysi, - pasakė Lija, kai jie nuėjo kartu į PJs kambarį.

Alfredas, Lia ir E-Z dabar buvo vieni su PJ.

„Praėjusią naktį sapnavau keistą sapną. PJ, Ardenas ir aš buvome per mano septintąjį gimtadienį, bet viskas vyko ne taip, kaip tada. Jie bandė su manimi bendrauti per mūsų bendrą įvykį, bet nesu tikra, ką norėjo pasakyti."

„Papasakok mums sapną, - tarė Alfredas. „Ir nieko nepraleisk."

„Taip, papasakok mums, ir mes pažiūrėsime, ar galime padėti tau jį išaiškinti".

„Na, jis prasidėjo normaliai. Viskas buvo taip, kaip ir tą dieną, kol Ardenas pamiršo savo beisbolo kepuraitę ir mes, visi trys, grįžome jos pasiimti."

„Vadinasi, jis nepametė beisbolo kepurės per tikrąjį vakarėlį?"

„Ne, nepametė. Tiesą sakant, jis buvo taip apsėstas tos kepurės, kad mes dažnai jį erzindavome, jog ji priklijuota prie galvos. Taigi, tai buvo reikšminga sapno dalis. Ir štai mes ėjome atgal į žaidimų zoną, o koridorius atrodė daug ilgesnis nei tada, kai iš jo išėjome.

Ėjome ilgai. Šnekėjomės, kaip ir anksčiau. Iš pradžių to nesupratome, ėjome jau gana ilgai. Ardenas svarstė palikti kepurę ten, kur ji buvo, nes kelias iki jos užtruko taip ilgai, bet nusprendėme ją pasiimti. Jis sakė, kad kepurė jam turi sentimentalią vertę".

„Įdomu, - tarė Lija. „Ar žinote, kodėl jis taip mylėjo tą kepuraitę?"

„Jis nuolat ją nešiojo, nes jam patiko komanda. Niekada nežinojau, kad realiame gyvenime egzistuoja koks nors sentimentalus prisirišimas, išskyrus pačią komandą. Ir sapne tuo metu nebuvo, kol jis to nepasakė. Taigi, tada koridorius išsiplėtė ir mes atsidūrėme didelėje erdvioje patalpoje, panašioje į auditoriją. Salės centre stovėjo milžiniška giljotina".

„Kas! Kaip keista!" Alfredas ištarė.

„Tai šiek tiek baisu", - pasakė Lija.

„Yra ir daugiau. Viršuje, virš ašmenų, buvo Ardeno kepurė, o po ja - užrašas, kuriame buvo parašyta: Čia eina galva".

Lia ir Alfredas krūptelėjo.

„Ardenas sakė, kad kepurė jam nebe tokia patinka. Štai tada sutemo ir išgirdome sunkius žingsnius, artėjančius link mūsų. Batai. Spragsinčios grandinės ar šarvai. Paskui vėl užsidegė šviesos, kai įėjo vaikinas su gobtuvu ant galvos. Jis nuėjo prie giltinės ir vieną po kito galandino peilius".

„Kas tada?" Alfredas paklausė.

„Tada pasirodė kompiuterio ekranas, kuriame buvo užrašyta LOADING, ir pasirodė jųdviejų vaizdas. Jie pasakė du žodžius:

„ĮSPĖJIMAS".

„Tada kas?" Alfredas vėl paklausė.

„Tada mane pažadino dėdė Samas ir paklausė, ar žinau, kur yra Lia".

„Tai nedaug ką reiškia, - tarė Lija, - ar jis mylėjo tą kepurę? Ir kas turėtų būti įspėtas?"

„Mėgstamiausia Ardeno komanda buvo ir tebėra Bostono „Red Sox". Kepuraitė jam buvo dovana - autentiška - jis niekada jos nepaliks, kad ir kas nutiktų. Vis dėlto jis bent du kartus svarstė galimybę palikti ją sapne."

„Bet jis nebuvo tiek nusiteikęs, kad kištų galvą į giljotiną, kad ją gautų, - pasakė Alfredas.

„Kas gi būtų galėjęs!" Lia paklausė.

„Norėčiau, kad galėtume pasinaudoti Ardeno kompiuteriu. Galiu lažintis, kad ten yra užuomina. Galiu lažintis, kad jis turi failą, kažką paslėpto, ką galėčiau surasti. Galbūt apie tai ir buvo tas sapnas. Ir kodėl jis davė man užuominą."

Lija patikrino internete, ar jos telefone yra sapno su giljotina reikšmė. „Rašoma, kad ji simbolizuoja baimę arba nerimą. Būti dėl ko nors išskirtam ar sugėdintam".

„Manau, kad turiu idėją, - tarė E. Z., telefone slinkdamas per kontaktų sąrašą.

„Palauk, - pasakė Alfredas, - paskambink Samui".

„Tu teisus, gal pirmiausia turėčiau jam apie tai papasakoti." Jis greitai paskambino Samui, paaiškino situaciją. Samas pasakė, kad tuoj atvažiuos pas Ardeną, jie turėtų ten su juo susitikti.

„Čia viskas gerai?" Paklausė PJ mama. „Ar norėtum ko nors išgerti?"

„Ne, ačiū, bet dėdė Samas važiuoja pas Ardeną ir mes ten su juo susitiksime. Pažiūrėsime į Ardeno kompiuterį, išsiaiškinsime, ką jis veikė paskutinį kartą. Gaila, kad PJ kompiuteris neveikia".

„Tai gudri idėja. Girdėjome, kad Ardeno tėvai irgi iškvietė gydytoją, ar jis kuo nors padėjo?"

„Ne, nepadėjo."

„Informuosime jus, jei ką nors išgirsime", - pasakė Lija, apčiuopdama PJ kaktą.

„Tu esi gera mergaitė", - pasakė PJ mama. Tada ji išėjo iš kambario, kovodama su ašaromis.

Kai jie atvyko į Ardeno namus, lauke jų laukė Samas. Jis turėjo savo nešiojamąjį kompiuterį, krepšį, pilną kompiuterinių įrankių, ir keletą kitų smulkmenų.

Kartu jie įėjo į vidų, kur Samas netoliese pasistatė savo kompiuterį, nešiojamąjį, prijungė jį kitoje kambario pusėje, tada apžiūrėjo Ardeno sąranką. Jis buvo įjungtas tiesiai į sieninį elektros lizdą. Be jokios apsauginės maitinimo juostos nuo netikėtų viršįtampių. Gerai, kad jis visuomet nešiojosi tokią savo krepšyje.

Užtikrinęs apsauginę maitinimo juostą, jis prijungė prie jos Ardeno kompiuterį. Jie laukė - ir nieko neįvyko. Laikydamas tai geru ženklu, jis įjungė maitinimą, ir Ardeno kompiuteris atgijo. Reikėjo įvesti slaptažodį. Slaptažodžio, kurio nė vienas iš jų nežinojo.

„Ar spėjate?" Samas paklausė.

E-Z įvedė Bostono „Red Sox". Jis pabandė Ardeno antrąjį vardą, kuris buvo Danielis. Nieko gero.

„Pabandyk giljotiną, - pasiūlė Alfredas.

„Bingo!" E-Z pasakė, kad dabar jam tereikėjo atlikti paiešką istorijoje.

„Leisk man", - pasakė Samas ir spustelėjo nustatymus, ieškodamas kažko neįprasto. Nebuvo nieko neįprasto.

„Koks buvo paskutinis dalykas, kurį jis padarė? Ar jis žaidė kokį nors žaidimą?" E-Z paklausė.

Kai Samas spustelėjo norėdamas tai sužinoti, beįsijungianti viršįtampių juosta užsidegė. Dėdė Samas nubėgo gesinti ugnies, kol jis grįžo, E-Z jau buvo ją uždusinęs antklode. „Geras sumanymas, - pasakė jis.

„Tikiuosi, kad Ardeno mama taip pat galvoja!"

„Griebk kietąjį diską!" Samas pasakė, ką ir padarė, kol jis dar nebuvo pasmaugtas. „Dabar pasiimsime jį su savimi ir pažiūrėsime, ką galime pamatyti"

SKYRIUS 7
DISKUSIJA

Jiems**keliaujant**namo, E-Z vis dar galvojo apie žinutę „Įspėk juos". Ar tai galėjo būti daugiau nei sapnas?

„Įdomu, - tarė jis.

„Apie ką?" Samas paklausė.

E-Z paaiškino apie savo sapną ir žinutę, tada pridėjo savo naują idėją, norėdamas sužinoti, ką jie apie tai mano.

„PJ ir Ardenas nustatė dalykus svetainėje, kad ateityje galėtume rengti podkastus. Svarstau, ar turėčiau tuo pasinaudoti, kai tik išsiaiškinsime, ką perspėti. Tikrai galėtume pasiekti daugybę žmonių".

„Tai puiki idėja!" Samas tarė: „Bet ar ne dabar turėtume susikurti sekėjų ratą? Kad tada, kai būsime pasiruošę perduoti įspėjimą, jau turėtume keletą prenumeratorių?"

„Ką aš pasakysiu?"

„Pagalvokime apie tai", - tarė Lija. „Ir mes būsime šalia tavęs."

„Aš neprieštarauju, kad dalį kalbėjimo atliksiu aš."

Dabar, atvykę prie namų, jie užėjo į vidų.

SKYRIUS 8

BRANDY GYVENA

Kaiji pirmą kartą jį pamatė, juos siejo muzika. Ji grojo pianinu, geriau nei vidutiniškai, bet ne itin gerai. Muzikos mokytoja sakė, kad ji turi prigimtinių gabumų - kad ir ką tai reikštų. Tačiau ji galėjo groti tik tas dainas, kurios jai kažką reiškė. Tuomet ji jas prisimindavo ir galėdavo groti iš karto. Tačiau verčiant ją groti tai, kas jai nepatiko, ji nekentė pamokų.

Ji įstrigo. Privertė save net tada, kai to nekentė. Tikėjosi, kad jai pavyks apgaule patekti į mokyklos orkestrą.

Jos tėvai norėjo, kad už visas pamokas, kurias jie mokėjo, būtų ką nors parodžiusi. Jie primygtinai reikalavo, kad ji išbandytų savo jėgas grupėje - kad labiau įsitrauktų į mokyklos veiklą.

„Tai gerai atrodys tavo paraiškoje į koledžą", - sakė tėvas.

„Pasistenk, kiek gali, tai viskas, ko mes prašome. Iš visų jėgų stenkis!" - sakė mama.

Tačiau šių metų vidurinių mokyklų perklausose buvo daugybė talentingų vaikų. Kai ji įžengė į auditoriją, scenoje jau grojo gabus būgnininkas.

Prakaituojančiais delnais ir plakančia širdimi ji judėjo palei eilę. Moksleivių ir mokytojų eilė plojo ir stukseno pirštais. Ji jautė, kaip grindys pulsuoja nuo kiekvieno ritmo.

Tarsi robotas ji toliau ėjo auditorijos pakraščiu, kol atsidūrė kuo arčiau scenos.

Dabar ji pasišalino pro duris ir nuėjo į užkulisius. Stovėjo kartu su kitais palubėje esančiais atlikėjais ir plojo taip, tarsi visada ten būtų buvusi.

Tai buvo puikus planas. Visi buvo taip įsitraukę į savo perklausą, kad net nepastebėjo, jog ji įsiterpė į eilę.

„Kas jis?" - sušnibždėjo ji eilėje priešais ją sėdinčiai merginai.

Jis būgnavo toliau, pasipuošęs džinsais, o jo šviesūs plaukai svyravo ir šokinėjo. Tada jis pasilenkė arčiau mikrofono ir jo gilus melodingas balsas prisijungė prie ritmo.

Ji prisitraukė šiek tiek arčiau, o tai darydama pastebėjo niežulį, kurio anksčiau nebuvo. Ant jos delnų, rankų, kojų. Ji draskėsi ir nerado palengvėjimo. Tiesą sakant, niežulys dar labiau sustiprėjo ir netrukus atrodė, kad jos oda dega. Tuomet sutriko kvėpavimas, sulėtėjo širdies plakimas.

„Nusiramink", - šnabždėjo ji ir garsiai, ir mintyse.

Tai buvo paskutinis dalykas, kurį ji prisiminė prieš atsibusdama važiuojančioje transporto priemonėje.

SKYRIUS 9
APIE JĄ (BRANDY)

Transporto priemonė važiavo dideliu greičiu greitkeliu. Ji sėdėjo ant galinės sėdynės. Kieno automobilyje ji buvo? Tai nebuvo transporto priemonė, kurią ji atpažino.

Ji bandė atsisėsti; jai skaudėjo galvą - tarsi per ją riedėtų traukinys. Sekundei užmerkė akis ir įsiklausė, bandydama suprasti, kaip čia atsidūrė. Pats automobilis kvepėjo keistai, naujai ir kartu senai.

PFFT.

Iš ventiliacijos angos išsiskyrė kvapas, nuo kurio jai suskaudo skrandį, ir ji apsiverkė.

„Ei, žiūrėk į saloną, - pasakė vyriškas balsas. „Tai oda, tikra oda". Suskambo jo telefonas ir jis kalbėjo į jį per mikrofoną skydelyje. „Taip, netrukus būsime ten", - pasakė jis. Jis atjungė telefoną, tada įjungė radiją.

Jos rankos buvo surištos, bet ne už nugaros, kaip buvo mačiusi filmuose, o priešais, tiesiai virš užsegto saugos diržo. „Aš noriu namo!"

„Netrukus", - atsakė vyriškas balsas per Drake'o melodijos priedainį.

Po, jos manymu, maždaug trisdešimties minučių kelionės, jis įsuko į degalinę. Jis užrakino ją, tada užtrenkė duris už savęs ir paliko ją kartu nepratardamas nė žodžio.

Ji pažvelgė pro langą, iš visų jėgų stengdamasi, kad vėl neišsivemtų. Jos sugėrovas ar pagrobėjas, kad ir kas jis būtų, buvo įėjęs į vidų. Ji tikėjosi, kad jis nebuvo pagrobėjas, ketinantis prašyti išpirkos. Jos tėvai neturėjo pinigų sumokėti už jos grąžinimą. Ji susitelkė į šią akimirką, pastebėjusi, kad durys neturi rankenų, o mygtukai langui atidaryti neveikia.

Kitoje automobilio pusėje pumpuodama degalus ji pamatė vaikiną.

„Gelbėkit!" - sušuko ji, atiduodama visas jėgas. Žinodama, kad tai gali būti vienintelė jos galimybė.

Kai jis nereagavo, ji daužė surištomis rankomis į uždarytus langus. Čia, šiame automobilio akvariume, buvo sunku išgauti kokius nors garsus. Ji žvilgtelėjo atgal, o jos pagrobėjas grįžo į automobilį nešinas skardine popso ir dviem šokolado plytelėmis. Atsisėdęs už vairo, jis per petį įmetė jai šokolado plytelę. Ji negalėjo jo pagauti, nekentė tokio, jau nekalbant apie tai, kad neseniai buvo vėmusi.

„Aš noriu gerti, - pasakė ji.

„Ko nori?" - paklausė jis, tada nuėjo į vidų ir beveik tuoj pat išėjo su buteliu vandens.

Jis atsuko dangtelį ir padavė jai į rankas. Nors jos buvo surištos, po poros bandymų jai pavyko įsipilti vandens į burną. Nuo jos marškinėlių priekio lašėjo vanduo. Ji neprieštaravo, tai nuplovė dalį barščių kvapo.

„Ačiū, - tarė ji.

Po akimirkos jie vėl grįžo į greitkelį. Jis padidino greitį, persirikiavo į greitąją juostą, ir jos saugos diržas tapo atsegtas. Ji sukniubo automobilio gale, tarsi vienas kauliukas, riedantis be krypties.

„Nustok, beprote!" - pasakė vyras, kai ji surištomis rankomis bandė iš naujo užsisegti saugos diržą.

Padangos, kai vairuotojas neatsargiai keitė eismo juostas. Kiti vairuotojai spaudė stabdžius, kad jo nepastebėtų. Tada jis nuvažiavo į nuvažiavimą. Jis nuspaudė stabdžius, sustojo. Išlipo iš priekinės sėdynės, atidarė galines dureles.

Ji buvo pasiruošusi, kojas nukreipusi į jį, ir iš visų jėgų smogė jam vienu dideliu dvipusiu smūgiu. Jis nukrito ant žemės, o ji buvo išlipusi iš automobilio ir pašėlusiai bėgo, kai į ją atsitrenkė automobilis, paskui kitas, paskui dar vienas.

Jis grįžo į automobilį ir spruko.

„Kvaila mergaitė!" - sušuko jis.

SKYRIUS 10
JI PRISIMENA (BRANDY)

„Vėl atsitiko, ar ne?" - paklausė mama, padėdama Brandy išlipti iš pirkinių vežimėlio. „Kas nutiko šį kartą?"

„Atsiprašau, mama, - tarė paauglė, pasilenkdama užsirišti bato. Dabar, kai jos rankos nebebuvo surištos, ji jautėsi taip gerai.

Mama pasilenkė ir sušnabždėjo: „Ar buvo tas pats, kaip ir kitus kartus? Ar tu alpai?"

Ji atsistojo ir pažvelgė į duris.

„Papasakok man", - tarė motina, pastumdama dukrą priešais save, kad jos būtų arti ir niekas kitas negirdėtų. Be to, jų koridoriuje daugiau niekas nebuvo.

„Aš buvau mokykloje, atrankoje. Vienas berniukas grojo solo būgnais ir dainavo. Jis buvo tikrai puikus.“

„Ir svajingas, tikiuosi, taip pat?“ - paklausė jos mama.

Ji jautė, kaip jai karščiuoja skruostai. „Mano širdis pagreitėjo, padažnėjo, suprakaitavo delnai ir pasijutau keistai. Paskui jau žinojau, kad esu surišta važiuojančio automobilio gale!“

„Surišta? Automobilyje? Kieno automobilyje? Kas vairavo? Kur važiavote?“

„Nepažinau nei automobilio, nei vairuotojo. Jis su kažkuo kalbėjosi, naudodamasis vienu iš tų mikrofonų be rankų. Jis buvo geras vairuotojas, kol neišvažiavo į greitkelį. Tada jis važiavo kaip maniakas, o aš apsimečiau, kad atsegė saugos diržą. Kai jis nuvažiavo nuo kelio ir sustojo, taip stipriai jam spyriau, kad jis nugriuvo, o aš pasileidau bėgti.“

„Ačiū Dievui, tau pavyko pabėgti. Ar kas nors sustojo tau padėti? Tikiuosi, turi jų numerį, kad galėčiau paskambinti ir padėkoti“.

Brandy nekalbėjo, nes prisiminė automobilius: vienas, du, trys, kaip jie ją partrenkė, ir ji mirė. Vėl. Ir vėl atsidūrė maisto prekių parduotuvėje su mama.

„Pasikalbėk su manimi“, - pasakė Brandy mama.

„Aš vėl miriau - vėl, - pasakė Brendi, - ir atsidūriau čia“. Ir vėl.“

Ji atsisėdo ant grindų, tiksliau, jos keliai susilpnėjo ir ji krito ant kelių. Jos motina pasekė paskui ją, tarsi domino.

Jos sėdėjo kartu, laikydamosi už rankų ir nekalbėdamos

SKYRIUS 11
BRANDY TADA

„**Paskubėk**, Brendi!" - taip paskutinį kartą pasakė mama. Paskutinį kartą, kai jos vienintelė dukra mirė - ir prisikėlė.

Kai daugumai tėvų tekdavo eiti į maisto prekių parduotuvę su vaikais ant rankų - jie negalėdavo pakankamai greitai išeiti.

Brendi nebuvo iš tų vaikų. Ji pirmenybę teikė parduotuvėms, o ne parkams, sportui - beveik kiekvienai veiklai. Pasiimti ją apsipirkti buvo vienintelis būdas ištraukti ją iš namų.

Tai nebuvo vien Brandy kaltė. Ji gimė turėdama retą širdies ligą. Sakė, kad ji išaugs. Todėl bėgioti ir žaisti su kitais vaikais ji negalėjo.

Todėl ji pamėgo prekybos centrą, bet labiausiai mėgo maisto prekių parduotuvę. O maisto prekių alėjose visada būdavo gana ramu. Išskyrus vieną kartą, kai buvo dalijami nemokami DVD diskai. Brandy taip susijaudino, kad negalėjo kvėpuoti, ir ją teko skubiai vežti į ligoninę.

Tada jai buvo treji metai.

SKYRIUS 12
BRANDY DABAR

Dabar, kai jos dukrai buvo keturiolika metų, atrodė, kad tai vyksta vis rečiau. Vis dėlto ji svarstė, kas bus, kai ji bus per didelė, kad tilptų į pirkinių vežimėlį.

„Kaip manai, kodėl čia?" „Kodėl visada tik tu ir aš, ir tik čia?" - paklausė Brendžio mama.

„Nežinau, mama, bet žinau vieną dalyką. Aš noriu apsipirkti. Noriu nusipirkti maisto ir gėrimų ir, aš einu. Jei nori, pasilik čia, aš tuoj grįšiu. Štai, žaisk pasjansą savo telefone. Tai nuramins tavo nervus, o apsipirkimas nuramins mano".

Moteris sėdėjo ant grindų, kol vežimėliai atvažiuodavo ir išvažiuodavo, visą dėmesį sutelkusi į „Solitaire" žaidimą. Dukra ją taip gerai pažinojo. Vis dėlto ji stengėsi nesijaudinti dėl to, kiek daug - ne kiek mažai - reikia pasakyti vyrui. Ji jam nepasakojo nei praėjusį kartą, kai mirė jos dukra, nei aną kartą, nei dar anksčiau. Ji tik pasakė, kad jie ėjo apsipirkti ir kad tai buvo įtempta.

„Aš pasiruošusi", - pasakė Brendi tą kartą, kai buvo maža mergaitė su rankomis, pilnomis dribsnių ir popieriukų.

Tuomet jie nuėjo prie savitarnos kasos linijos.

„Leisk man tai padaryti, mama!"

Taip Brandy visada sakydavo. Jai patiko stebėti, kaip kasininkė skenuoja kiekvieną daiktą. Ir gink Dieve, padėk jiems, jei nuskaitymas būdavo neteisingas.

Brendi ir jos mama, baigusios dienos darbus, grįžo į automobilį. Brandy atsisėdo priekyje ir prisisegė diržą. Jie išvažiavo, tik trumpam sustoję prie kasos, kad nusipirktų du karštus ledinius ledus.

„Šiandien gavome tikrai puikių pasiūlymų", - tada pasakė Brendi ir dabar pakartojo tai dar kartą.

„Žinau, kad myli, bet vis tiek norėčiau daugiau išgirsti apie tavo, hm, šiandieninį incidentą. Ar gali prisiminti ką nors daugiau apie tai, kas nutiko? Turbūt buvai išsigandusi, būdama viena automobilyje su nepažįstamuoju? Nesuprantu, kaip tai atsitinka. Ar šis atvejis kuo nors skyrėsi nuo kitų? Sakėte, kad vieną minutę buvote mokyklos orkestro perklausoje, o kitą - automobilyje?"

„Taip, laukiau savo eilės koncertuoti kartu su kitais mokiniais. Visi klausėmės berniuko, grojančio būgnais. Jis buvo neįtikėtinas, dainavo ir grojo. Aš jau artėjau prie eilės priekio, kai, ZAP, manęs nebebuvo".

„O, man nepatinka tas ZAP garsas."

„Taip ir nutiko, mama. Iš pradžių man niežėjo rankas, paskui kojas, rankas".

„Tu man anksčiau nesakei apie niežulį?"

„Taip būna. Paprastai aš nusiraminu. Šį kartą niekas nepadėjo ir, na, žinai, žodis Z".

„Turiu paklausti, bet ar nemanai, kad galbūt taip nutiko todėl, kad norėjai išvengti perklausos? Turiu omenyje perklausą pačiam. Tai nėra tai, ką tu norėjai daryti".

Brendis pabarbeno pirštais į durų rankeną. „Nešokčiau į automobilį su nepažįstamuoju, kad išvengčiau perklausos, - pasakė ji.

„Gerai, brangioji, - pasakė jos mama, braukdama ašaras. Ji vėl pasakė ne tai, ką turėjo pasakyti - ir vėl. Ji visada sakydavo negerus dalykus, kai kalbėdavo apie dukters... kaip tai pavadinti? Dukros kelionių nuotykius.

„Viskas gerai, mama."

Kurį laiką jos važiavo tylėdamos. Tai buvo patogi tyla.

„Noriu žinoti, kaip tau padėti", - pasakė Brendžio mama. „Kitą kartą..."

„Žinau, kad nori, mama, bet tavęs nėra šalia, kai tai nutinka. Turiu sugebėti susitvarkyti pati."

„Ar yra koks nors vienas dalykas, kuris visada nutinka - prieš tau dingstant?"

„Norėčiau prisiminti, mama, bet, kaip ir praėjusį kartą, neprisimenu." Ji pažvelgė pro langą, tada sukryžiavo rankas.

„Na, kai būsime namie, galėsi praktikuotis praktikuotis praktikuotis praktikuotis. Tada būsi dar geriau pasiruošusi rytojaus perklausai".

„Tai buvo tik vienos dienos perklausa. Taigi, šiemet man nėra jokių šansų. Be to, tėčiui nepatinka, kai aš repetuoju, ypač kai jis dirba iš namų. Sako, kad jam nuo to skauda galvą."

„Tėtis taip nemano, - pasakė ji. „Aš su juo pasikalbėsiu. Juk tu nori groti pianinu, kaip darbą, taip? Turiu omenyje vieną dieną, kai baigsi mokyklą. O aš paskambinsiu tavo mokytojui - paprašysiu, kad padarytų išimtį iš taisyklės".

„Norėčiau išgirsti, kaip vyko tas pokalbis!" - nusijuokė ji. „Sveiki, pone Hopperi, aš esu Brandy mama, o mano dukra, na, ji keliavo laiku su nepažįstamuoju į greitį viršijantį automobilį, paskui, mirė. Taigi, ar ji galėtų rytoj dalyvauti jūsų perklausoje?"

„Tai žiauru", - pasakė jos mama. „Ar tu persigalvojai, ar nori siekti muzikinės karjeros? Juk jie visą laiką daro išimtį studentams?"

„Gal ir daro, bet man tai netrukdo. Kad aš tai praleidau. Visada yra kita ausis. Be to, norėčiau būti pirkėja, manau, todėl visada grįžtu į maisto prekių ar drabužių parduotuvę. Prisimeni tą vieną kartą?"

Jos mama linktelėjo galva.

„Po pirkėjos pianiste, tada mokytoja, - pasakė paauglė, atkišdama rankas ir kramtydama nagus.

Motina žvilgtelėjo į ją: „Nebūk brangioji. Nagų kramtymas toks nehigieniškas". Brendis atsisėdo ant rankų. „Tokia tvarka?" - nusijuokė jos mama.

„Gal atvirkštine tvarka", - sušnibždėjo Brendi, kai jie įvažiavo į važiuojamąją dalį. „Tėtis dar ne namie."

Ji pasinaudojo automatiniu garažo vartų atidarymo mechanizmu, neatsakydama dukrai. Taip, jos vyras vėl vėlavo. Kiekvieną vakarą jis grįždavo namo vis vėliau ir vėliau. Sakė, kad darbas jį sulaiko, verčia dirbti papildomai ir nemokėti už viršvalandžius. Ji nekentė, kai jis negrįždavo namo pasimatyti su Brandy prieš jai einant miegoti. Jie bent jau turėjo paruošę užkandžių. Ji ruošdavo vakarienę, sutvarkydavo jos kambarį. Taip ji su vyru galėtų vakarieniauti kartu. Būtų buvęs gražus vakaras, tik jie dviese.

„Griebkite krepšius, - pasakė ji.

„Gerai, mama", - atsakė Brendis, kai jie įėjo į vidų.

SKYRIUS 13
AUSTRALIJOS OUTBACK

Australijos šiaurinėje dalyje esančioje atokioje vietovėje**berniukas**gyveno dėžėje. Kai jį rado, jam buvo dvylika metų. Jo kūnas buvo deformuotas, nes jis sėdėjo išlenkta nugara ir pakeltais keliais - kaip dėžėje. Net ir tada, kai jie ją išlaužė ir išleido jį lauk.

Jis negalėjo kalbėti arba nenorėjo kalbėti. Kol vėl pradėjo pasitikėti. Tada jis išsitiesė ir jo kūnas atsipalaidavo.

Jam labiau patiko tylūs balsai, šnabždantys balsai. Garsūs dalykai, bet kokie garsūs garsai jį gąsdino. Jis drebėdavo ir užsidarydavo savyje. Jis ieškodavo ir šaukdavo: „Dėžutė!"

Jie laikė ją ten, kampe. Kol žmonės iš Sidnėjaus pasakė, kad jis niekada nepasveiks, jei dėžutė nebus sunaikinta.

Jis padėjo jiems tai padaryti, naudodamas beveik tokio pat dydžio plaktuką, kaip ir jis pats. Kai ji buvo sudaužyta į mažus gabalėlius, jo akys apsivertė galvoje ir jis dingo. Išvažiavo. Kažkur jo mintyse. Nepasiekiamas.

Niekas nežinojo, kas jis buvo. Arba kam jis priklausė. Kokie tėvai užrakintų savo vaiką dėžėje kaip gyvūną?

Vis dėlto jis nebuvo marinamas badu. Bent jau ne dėl maisto. Ir jis nebuvo dehidratuotas.

O tai reiškė, kad kažkas buvo netoliese. Jie, reindžeriai, pareigūnai, laukė, kol grįš - bet negrįžo. Vadinasi, jie turėjo žinoti, kad dėžutė dėžutėje išbyrėjo.

Psichologų komanda name įrengė kameras, kad galėtų stebėti berniuką nuotoliniu būdu iš Sidnėjaus.

Kiti iš viso pasaulio norėjo „įsijungti" į berniuko stebėjimą. Kai kurie rašė disertacijas apie vaikų išnaudojimą, nepriežiūrą. Jie kovojo, kad patektų į sąrašo viršų.

Berniukas kybojo pirmyn ir atgal, nepratardamas nė žodžio. „Dėžutė!" buvo vienintelė jo pastanga. Tačiau jis žinojo, kas vyksta. Jis girdėjo, kaip jie šnabždasi. Milijonieriai, kurie norėjo jį įsivaikinti. Jis niekur nesiruošė eiti. Jis liko vietoje. Tai buvo jo namai.

Berniukas, kuris niekada anksčiau nebuvo miegojęs lovoje, o jei ir miegojo, tai neatsimena, dabar nenorėjo miegoti lovoje. Vietoj to jis susisuko į kamuoliuką ir miegojo kampe ant grindų. Jam pravertė pagalvė ir antklodė, kurią jam paliko. Tie prabangūs daiktai liko nepaliesti.

Kol jie sprendė, ką su juo daryti, buvo paskirta sesuo. Australijoje seserys dar vadinamos slaugytojomis. Kai kuriais atvejais sesuo taip pat yra sesuo (vienuolė.) Be to, sesuo, kuri yra sesuo, gali būti ir brolis. Jei minėta sesuo / slaugytoja buvo vyras.

Berniuko sesuo / slaugytoja buvo maloni moteris, kuri visada nešiojo plaukus surištus į kuodą. Ji dėvėjo baltą uniformą ir prie jos priderintus batus, kurie girgždėjo nuo kiekvieno jos žingsnio.

Kai ji pirmą kartą pabandė užmesti antklodę ant jo, jis ėmė rėkti, tarsi jį būtų užpuolęs piktas debesis.

„Štai taip, štai taip, - pasakė sesuo. Ji susiraukė, tada pakėlė antklodę. Ji užmetė ją ant pečių, ir berniukas krūptelėjo.

„Ji minkšta", - pasakė ji.

Ji įsisupo į ją. Pajuto jos kvapą.

„Ji labai minkšta ir šilta", - sušnabždėjo ji.

Berniukas ištiesė ranką ir palietė antklodės kraštą. Jis ją glostė, tarsi ji tebebūtų ant avies, iš kur atsirado.

„Ar tau patiktų?" Paklausė sesuo.

Jis dvi dienas sakė, kad ne, paskui leido jai užsidėti ją ant pečių. Po to jis miegojo su ja, tarsi tai būtų gyvas daiktas. Guldė ją kaip kūdikį, šnabždėjo jai. Galų gale jis paguodė jį ir neleido seseriai jo paimti ar nuplauti.

Ketvirtą berniuko laisvės rytą lauke, ant priekinės valdos vejos, ėmė rinktis gyvūnai. Pirmiausia atėjo kengūros patelė. Ji nušoko iki verandos laiptų apačios, tada atsisėdo ant kupros ir stebėjo duris. Paskui atėjo emu ir padarė tą patį. Paskui atskrido varnėnas, kakadu ir gala. Paukščiai paeiliui giedojo ir atrodė, kad jų balsai kviečia berniuką už durų. Anksčiau jis nebuvo linkęs nei atidaryti durų, nei išeiti pro jas. Tačiau, pamatęs gyvūnus ir paukščius, jis nedvejodamas išėjo jų pasitikti.

Sesuo stebėjo jį iš už lauko durų ekrano. Ji nemėgo nei šunų, nei kačių, nei paukščių - tiesą sakant, jie ją gąsdino, tačiau šie laukiniai gyvūnai ją gąsdino. Prireikus ji ryžtųsi išeiti į lauką. Ji tikėjosi, kad netrukus jie atsiųs ką nors į pagalbą.

Berniukas atsistojo verandoje ir įkvėpė oro. Jis plačiai išskėtė rankas, plačiau, tada pripildė plaučius lauko oro. Jis godžiai jį įkvėpė.

Sesuo, kuri norėjo, kad jis būtų jos pačios sūnus, stebėjo, kaip jo krūtinė plečiasi mažame rėmelyje.

Tada tai įvyko.

Berniukas ėmė kilti, tarsi skraidantis balionas, tik jis nebuvo balionas ir nebuvo ant virvutės - jis buvo mažas berniukas.

Sesuo išbėgo. Ji jį mylėjo - ir jis buvo pabėgęs. Už jos trinktelėjo ekrano durys.

„Palaukite!" - sušuko ji ir ištiesė jam rankas sugniaužtais pirštais.

Kai berniukas pasišalino. Jo mažos kojytės kilo aukštyn. Nusinešdamos jį lauk, toliau. Trys paukščiai nešė jį toliau ir toliau.

Ji griebė, bet jis buvo per toli. Ji stebėjo, kaip kengūros motina pakėlė akis.

Berniukas nukrito ant motinos pečių. Ji atsisėdo aukštai, apkabinusi jo rankas aplink kengūros kaklą, ir nušoko. Šalia jų tempą palaikė emu.

Sesuo, nežinodama, ką daryti, - nubėgo į vidų pasiimti automobilio raktelių. Ji užvedė variklį ir nusekė paskui berniuką, kol jo nebematė.

Berniukas, kuris kadaise gyveno dėžėje, buvo paimtas iš žmonių pasaulio. Jis iškeliavo į pasaulį, kuriame gyvūnai rūpinasi savaisiais. Ir šis vaikas buvo vienas iš jų. Jis buvo šeima.

Berniukas dainavo dainas tais balsais, kuriuos žinojo giliai savo viduje. Jis garsiai juokėsi ir buvo laimingas, nes jį nunešė ten, kur buvo jo širdyje. Ten, kur jis buvo, kuo visada turėjo būti.

SKYRIUS 14

VIENIŠAS BERNIUKAS

Draudžiamame Japonijos miške**pasigirdo**vaiko šauksmas. Susirinkę paukščiai prisijungė prie giesmės ir sustiprino vienišo berniuko pagalbos prašymą. Atskridusi pelėda, išgąsdino kitus paukščius. Ji sėdėjo netoliese, saugojo ir laukė.

Pasigirdo automobilio signalizacija. Jos klyksmas užgožė vaiko šauksmus. Jis buvo kūdikio kėdutėje. Tokioje, kuri būdavo ant galinės automobilio sėdynės.

„Spragtelėjimas, spragtelėjimas", ir automobilio signalizacija nutilo, pakankamai ilgai, kad vairuotojas galėtų išgirsti silpną vaiko verksmą. Ji su vyru nuskubėjo į mišką, kur rado išsigandusį ir visiškai vieną vaiką. Kartu jie jį paguodė.

Kelios vaškuolės liko stebėti. Įvertino situaciją. Jie šnarėjo plunksnomis ir čirškėjo. Tarsi gyvai pranešinėjo apie vaiko išgelbėjimą.

Moteris atrišo vaiką. Ji laikė jį prie savęs ir uždavinėjo klausimus, į kuriuos jis buvo per mažas atsakyti. Tokius klausimus kaip: „Kur tavo Haha, Ko? Kur tavo Otosanas?" (Išversta į lietuvių kalbą: Kur tavo mama, vaikeli? Kur tavo tėvas?" (Kur tavo tėvas?

Jos vyras išžvalgė apylinkę. Jis šaukė. Kai niekas neatsiliepė, jis ieškojo ženklų. Suaugusiųjų pėdsakų. Jų nerado.

„Jokių pėdų pėdsakų", - pasakė jis, netikėdamas purtydamas galvą. Jam miškas nebuvo mėgstamiausia vieta. Jam labiau patiko miestai ir triukšmas. Tai jis netyčia įjungė automobilio signalizaciją. Jis tikėjosi, kad žmona norės išvažiuoti. Jis buvo pažadėjęs jai pietus jos mėgstamiausiame restorane. Tuomet ji būtų išgirdusi vaiką ir nubėgusi į mišką.

Jis sekė paskui žmoną, siekdamas jos saugumo. Mieste jie vengė vietų, kur galėjo tykoti plėšrūnai. Viliojo nieko neįtariančius, pasitikinčius žmones - tokius kaip jo žmona - į pavojų.

Miškas, būtent šis miškas, buvo gyvas garsais. Gyvas, gyvas šviesa. O vaiko jie negalėjo palikti.

„Eime", - pasakė jis. „Nuvešime jį į ligoninę, kad įsitikintume, jog jam viskas gerai, ir jie galėtų patikrinti policijoje, kam jis priklauso."

Ji priglaudė vaiką prie krūtinės, perbraukė ranka per nugarą, kaip motina darytų su savo vaiku. Jos mintyse jis buvo būtent toks, jos vaikas. Vaikas, kurio ji niekada negalėjo turėti, pašaukė ją, ji atėjo į uždraustą mišką ir jį pasiėmė.

„Jis mano, - pasakė ji iš pradžių iššaukiančiai, paskui švelniau, - turiu omenyje, mūsų. Mūsų kūdikis. Sūnus, kurio visada norėjai."

Jos vyras pažvelgė į berniuką. Jam jų reikėjo. Ir jis buvo per mažas, per jaunas, kad ką nors prisimintų anksčiau. Jis jau pasitikėjo jais. Niekas nesužinos, pagalvojo jis. Ir vis dėlto, ar tai buvo teisinga, paimti šį vaiką kaip savo?

„Niekas nesužinos, - tarė žmona, tarsi skaitydama jo mintis.

Taip nutikdavo dažnai, po dvylikos bendro gyvenimo metų. Jie galvojo panašius dalykus. Kalbėjo tuo pačiu metu. Baigdavo vienas kito sakinius.

Jie buvo mylinti ir stabili pora. Kartu jie galėjo tiek daug duoti vaikui. Vis dėlto likimas jiems nedavė nė vieno savojo.

Ji perdavė vaiką vyrui ir laukė.

Viršuje esantys paukščiai matė, kaip drebėjo jos rankos. Jie giedojo, ragindami ją paimti vaiką. Padėdamos jam apsispręsti, kad vaikas dabar yra jų.

Ji jau reikalavo jo savo širdyje ir sieloje. Taip pat ir jos vyras, bet jis buvo susigūžęs tarp egoizmo. Jis norėjo pasielgti teisingai, o ne savanaudiškai.

„Ar norėtum gyventi su mumis?" - paklausė jis vaiko.

Nors jis neatsakė, jie visi trys grįžo į automobilių stovėjimo aikštelę. Jie pasodino berniuką ant galinės sėdynės vidurio, toliau nuo oro pagalvių.

Paukščiai ir pelėda kikeno, tada išskrido į mišką.

SKYRIUS 15
SENA ŽMONA

Senamoteris krūpčioja ant kėdės pirmyn ir atgal, pirmyn ir atgal. Jos atsiminimai yra trumpalaikiai, kaip debesys. Dažnai nepasiekiami.

Įsivyrauja sumaištis. Netrukus ji viską jos galvoje pakeis niekuo.

Demencija nesirenka savo aukų pagal ligonio norus ar poreikius. Jos tikslas - supainioti. Susvetimėti. Ištrinti.

Ji su tuo susitaikydavo, kol vieną dieną viskas apsivertė aukštyn kojomis.

Taip ji tai vadino dabar - apverktina. Trumpiau - T/T. Kitas dalykas buvo blogas, vis blogėjo. Tačiau „topsy-turvy" reiškė, kad ji nėra išprotėjusi, ir dar daugiau - tai reiškė, kad ji nėra vieniša - daugiau ne.

Mintyse ji matė viską. Kartais viskas vyko sulėtintai, tarsi ji būtų paspaudusi nuotolinio valdymo pultelio mygtuką. Kartais scenos kartodavosi vėl ir vėl, pirmyn, atgal, į priekį, į ciklą. Kitais atvejais ji būdavo įvykių centre ir stebėdavo iš pirmų lūpų kaip reporterė.

Kai tai nutiko pirmą kartą, ji bijojo būti sužeista ar nužudyta. Ji buvo liudininkė kai kurių plaukus raunančių dalykų. Bet kai suprato, kad aplinkiniai jos nemato ir negirdi, tada galėjo atsipalaiduoti. Išskyrus arkangelus, jie žinojo, kad ji ten yra, bet neleido apie jos buvimą sužinoti kitiems.

Kaip tą kartą, kai jos mintys nukeliavo į Nyderlandus. Ji įsitaisė, stebėdama mažą mergaitę. Ji verkė, kai vaikas prarado regėjimą. Ji jautėsi bejėgė, nes nieko negalėjo padaryti, tik stebėti. Laikui bėgant ir tai pasikeitė.

Tada Lia ir E-Z susidraugavo, o prie jų prisidėjo ir gulbė Alfredas. Ji juos stebėjo, klausėsi. Jautėsi kaip nematoma, negirdima jų komandos narė. Ji stebėjo, kaip jie dirba kartu ir tampa tvirtais draugais.

Staiga ji mintyse prakalbo į Liją, ir mergaitė atsakė. Rozalijai atsivėrė visiškai naujas pasaulis.

Iš pradžių jų pokalbis buvo kiek ribotas. Nors buvo didelis amžiaus skirtumas, abi turėjo kai ką bendro. Pavyzdžiui, jų meilė baletui.

Nuo tada, kai arkangelai pakeitė taisykles, Rozalija dar labiau stebėjo Tris. Vis dėlto šių mainų nepakako, kad mestų jai iššūkį, užimtų jos mintis.

Štai tada Rozalija atrado Kitus. Vaikus, pasižyminčius unikaliais gebėjimais kitose pasaulio dalyse - ir ji galėjo su jais kalbėtis.

Pirmoji buvo Brandy, paauglė, gyvenusi JAV. Paskui su ja bendravo Lačis, dar žinomas kaip Berniukas dėžutėje. Trečias, bet ne paskutinis, buvo Haruto, gyvenęs Japonijoje. Haruto buvo jauniausias iš visų. Visi trys vaikai turėjo gebėjimų. Ir ji buvo vienintelė jungiančioji.

Kol kas Lia palaikė ryšį su Alfredu ir E-Z, bet netrukus jai reikės papasakoti jiems apie kitus.

Rozalija sudrebėjo, kai prižiūrėtojai atvyko su maistu. Raudona želė. Jos mėgstamiausia. Ji suvalgė pirmąją, užpylusi ant jos šiek tiek grietinėlės. Grietinėlės, kuri turėjo patekti į jos kavą.

Mintyse ji padėkojo maistą atnešusiai merginai, nes Rozalija negalėjo kalbėti. Ji negalėjo kalbėti. Vienintelis jos bendravimo būdas buvo mintys...

Iškviesti Tris, kad aplankytų ją Senjorų rezidencijoje, neatrodė teisinga. Kol kas ji leis Lijai laikyti ją paslaptyje, o pati užsirašys pastabas apie Brendį, Lačį ir Harutą ir sudės jas į knygą.

Jai teks ją paslėpti, nuo archangelų. Ji vestų slaptą bylą. Ji neketino prarasti šių vaikų sekimo, kad ir kas nutiktų.

„O!" - sušuko ji, siekdama viršutinio naktinio stalelio stalčiaus prie lovos stalčiaus. Ji prisiminė dovaną. Užrašų knygutę, kurios priekyje buvo parašyta: „Su gimtadieniu!".

Ji užrašė kelis pirmuosius puslapius. Nesugalvojo nė vieno tikro žodžio, o kai atsidūrė tryliktame puslapyje. Trylika jai visada buvo laimingas skaičius, ji pradėjo rašyti apie Brendį, Haruto ir Lačį. Buvo tiek daug ką parašyti. Kai jai skaudėjo ranką, ji sustojo, šiek tiek ją pamankštino ir vėl grįžo prie rašymo.

Rozalija susimąstė, ar be šių trijų naujų vaikų yra ir kitų. Jei ji šiek tiek palauktų, jie galbūt irgi ją prakalbintų. Būtų geriau atskleisti savo paslaptį, kai visi vaikai atsiskleis.

Rozalija buvo atsargi, kad knygos išorėje neparašytų „Slaptai" ar „Privačiai". Ir ji džiaugėsi, kad knyga nebuvo su raktu. Šie trys dalykai priverstų kiekvieną, kuris pamatytų užrašų knygelę, norėti ją perskaityti. Jiems pasidarytų smalsu, kaip katei. Buvo daugybė jos amžiaus žmonių, kurie buvo smalsūs. Bet jie nenorėtų skaityti, pamatę pirmuosius trylika netvarkingų puslapių.

Ji pervertė knygą iki galo. Paskutinius trylika puslapių Rozalija užpildė dar netvarkingesne rašysena. Tada įdėjo knygą ir rašiklius atgal į stalčių ir jį uždarė.

Ji nusišypsojo, atsilošė ant pagalvės ir, galvodama apie vakarienę, atlošė ranką. Daugiausia apie desertą.

SKYRIUS 16
KUR STOVĖSITE?

Gyvename viename pasaulyje, kuriame**yra**ir gerų, ir blogų žmonių. Pasaulį valdo žmonės, kurie yra ydingi ir netobuli. Žmonės, kurie nėra robotai... Nėra užprogramuoti būti geri ar blogi.

Mes mokomės iš to, ką matome, ką pastebime, ko esame mokomi ir kuo tampame.

Mokomės iš pamatų, kurie mums buvo padėti. Augdami ir plėsdami savo akiratį, turime rinktis.

Nuo mūsų priklauso, kaip pritaikysime įgytas žinias. Rinktis tarp blogio ir gėrio.

Per amžius didingi žmonės buvo apgauti. Dideli ir galingi žmonės. Net suaugusieji.

Kartais apsispręsti lengva. Be jokių pilkųjų zonų. Kartais mus veda nuo mūsų nepriklausančios jėgos. Kiti, verčiantys mus laikytis jų etikos kodekso. Kartais pasitaiko netikėtų elementų.

Tarkime, einame keliu, ir kas nors mums pastato kliūtį. Galime ją pašalinti arba sustoti ir laukti, kol asmuo ją pašalins. Galime rinktis.

Gyvenimas susijęs su pasirinkimais. Pasirinkimai, kuriuos darome, gali mus išrikiuoti visam gyvenimui. Mes einame tuo keliu, kurio plytos sudėtos iš mūsų gerų sprendimų.

Arba galime leisti sau paklysti. Apgauti. Įkalbėti prieštarauti tam, ką žinome esant tiesa.

Kai taip atsitinka, viskas gali sugriūti kaip domino kaladėlės.

Ir mūsų veiksmai - arba neveikimas - turės pasekmių. Ne tik mums patiems. Tai, ką darome, veikia kitus.

Ir galiausiai, kai mirsime, visi būsime sugauti ir laikomi savo Sielų gaudytojų rankose.

Sielų gaudytojų kontrolę perima Furijos - trys piktosios deivės.

Sielų gaudytojai tampa užgrobti.

Sielos skraido be namų.

Sielos benamės.

Chaosas jau horizonte.

Kur stovėsite jūs?

SKYRIUS 17
ROSALIE BALTAME KAMBARYJE

Rozalijaatmerkė akis. Buvo valgio metas ir ji paprašė pusryčių padėklo. Jos kambarys buvo pakeliui į valgomąjį. Kai jie nešė maistą, ji pajuto šoninės kvapą. Jos burna apsunkdavo. Ir kava. Ji laukė savo eilės. Ji neturėjo kito pasirinkimo, tik laukti savo eilės.

Ji žinojo, kad jie mieliau maitindavo gyventojus valgomajame. Ji suprato, kad reikia laikytis grafiko. Vis dėlto ji žinojo, kad galiausiai jie prieis ir prie jos. Senjorų namuose, kuriuose ji gyveno, jie visada tai padarydavo.

Ji stebėjo kardinolą medyje už lango ir svarstė, ar nevertėtų pakilti iš lovos, kad galėtų pažvelgti iš arčiau. Bet kai atmetė antklodę ir nusileido ant kilimo, pasijuto keistai. Neaiškiai.

Ir nusileido į Baltąjį kambarį.

Niekas nepasikeitė nuo to laiko, kai E. Z. ten buvo. Ir Rozalijai neprireikė daug laiko, kad surastų kojas ir pradėtų tyrinėti.

Kai ji pirštais braukė palei knygų lentynas, ją apėmė déjà vu jausmas. Ar ji jau buvo šiame kambaryje anksčiau?

Ji nuėjo į kambario centrą ir apsidairė. Knygų lentynos tęsėsi ir tęsėsi. Kiek tik akys užmato. Nuo jų aukščio jai ėmė svaigti galva, ji troško atsisėsti ir atsikvėpti.

BINGO

Pasirodė patogi kėdė, ir ji į ją įsitaisė. Ji atsilošė, tada suprato, kad kėdė turi ratukus ir gali suktis, todėl ją pasuko. Ir pasuko. Tada ji užmerkė akis ir pailsėjo. Džiaugėsi, kad dar nevalgė pusryčių, nes skrandį šiek tiek suskaudo, kai virš jos kažkas sujudėjo.

Arba ji tai įsivaizdavo.

„Tu ten!" - sušuko ji, rodydama į nieką ir į nieką. „Mačiau, kaip tu pajudėjai, tu, tu, mažoji... kad ir kas tu būtum, išeik, išeik", - įkalbinėjo ji.

Nusprendusi, kad įsivaizdavo; ji vėl ėmė tyrinėti aplinką. Ir svarstė, kaip ji atsidūrė šioje vietoje.

„Ar aš grįžau į savo kambarį ir įsivaizduoju esanti šioje vietoje?" Ji nagais įsirėmė į kėdės porankius. Ji stebėjo, kaip jie braižo žymes odiniame paviršiuje. Tai buvo lengvi įbrėžimai, pakankamai lengvi, kad juos būtų galima pašalinti truputį patrynus. Juk ji buvo svečias, o svečiai visada turėtų rūpintis vieta, kurioje lankosi. Priešingu atveju jie nebus pakviesti sugrįžti dar kartą.

Virš jos vėl kažkas sujudėjo. Šį kartą jį lydėjo sparnų plazdėjimo garsas. Ar ten buvo įstrigęs paukštis, negalintis ištrūkti?

„Einu, mažyli, - tarė ji, atsistodama ir eidama kopėčių link.

Medinė konstrukcija, tarsi galėdama skaityti jos mintis, nuskriejo per grindis ir sustojo prie jos kojų.

„Lipk ant jų!" - tarė ji.

Rozalija taip ir padarė, ir tik tada, kai ji pati pajudėjo, suprato, kad tas daiktas kalbėjo jai.

„Ačiū", - pasakė ji, kai jis sustojo.

„Nėra už ką", - pasakė kopėčios. „Kokios nors konkrečios knygos ieškote?"

Rozalija nusijuokė. „Man atrodė, kad girdėjau paukštį. Šššš."

Kopėčios nusijuokė. „Čia nėra paukščių, ponia. Garsas, kurį girdite, sklinda iš knygų."

„Knygos su sparnais?" "Taip, - atsakė kopėčios. Tada: „Tu ten! Eik čia!"

Rozalija stebėjo, kaip stora juoda knyga stumtelėjo save prie lentynos krašto. Tada iš jos priekio ir galo išaugo sparnai. Jei nuskrido žemyn ir nusileido Rozalijai į rankas.

„O, Dieve mano!" - pasakė ji, žiūrėdama į nugarėlę. „Manau, kad šitą jau perskaičiau".

DVASIA.

Knyga ištrūko iš jos rankų ir grįžo į pradinę padėtį lentynoje.

„Atsiprašau", - tarė Rozalija. Paskui į kopėčias: „Tikiuosi, kad neįžeidžiau pono Dikenso".

„Jei jau baigėte su manimi, - tarė kopėčios, - ar galiu pasiūlyti nušokti?"

„Atsiprašau, kad gaišau jūsų laiką, - tarė ji.

„Neišsigandote.   Malonu,   kad   galėjau pasitarnauti."

Rozalija nusileido žemyn, ir kopėčios nuskriejo į kitą kambario pusę.

Rozalija apčiuopė kaktą, ne, ji nebuvo karščiuojanti. Jos cukraus kiekis kraujyje tikriausiai buvo nukritęs per žemai. O dabar ji negaus valgyti, ne kelias valandas. Ir ta vagilė Agnesė Lindsė pavogs jos pusryčius. Ji būtų įlindusi į jos kambarį ir suvalgiusi visus pusryčius. Kai prižiūrėtojai grįš pasiimti padėklo, jie manys, kad Rozalija jį suvalgė. Rozalija ir Agnesė buvo prisiekusios priešės.

Norėdama atitraukti mintis nuo gurgiančio skrandžio, Rozalija susitelkdavo į knygas. Ypač į vieną knygą. Knygą, kurią ji mėgo skaityti vėl ir vėl, kai buvo maža mergaitė. Ji vadinosi Anne of Green Gables by, by... Ji negalėjo prisiminti autorės vardo.

„Lucy Maud Montgomery", - pasakė kopėčios, kai ji pasuko į jos pusę. „Šok į vieną", - pasakė ji.

„Ak, ačiū už pasiūlymą, bet esu per daug alkana, o gal ir per daug apsvaigusi, kad galėčiau ant tavęs užlipti."

„Prisėskite, - tarė kopėčios, - ten, ten". Tada kopėčios sušvilpė ir aukštai ant lentynų į priekį pajudėjo knyga. Ant jos priekinės ir galinės dalies išaugo sparnai ir ji įskrido į Rozalijos rankas. Ji priglaudė ją prie krūtinės.

„Ačiū", - tarė ji.

„Ar tai viskas?" - paklausė kopėčios.

„Taip, nebent turite papildomą porą skaitymo akinių, paslėptų kur nors šiame kambaryje."

BINGO.

Jos akiniai atsirado ir idealiai tiesiai užsidėjo ant nosies.

Kopėčios grįžo į ankstesnę padėtį.

Rozalijai skaudėjo kulkšnis.

BINGO.

Po jos kojomis iššoko stovas.

Ji atsivertė knygą. Viduje buvo knygos vardininkės Anne Shirley eskizas. Ji perbraukė pirštu per mažos našlaitės raudonų plaukų kontūrus.

Anė mirktelėjo Rozalijai. Ši mirktelėjo, o paskui nusišypsojo atsakydama. Ji ir anksčiau buvo girdėjusi apie interaktyvias knygas, bet ši buvo nepakartojama!

Drebančiomis rankomis ji išskleidė Kanados žemėlapį, Jos akys sekė rodykles, vedančias į Princo Edvardo salą. Mintyse ji įveikė atstumą - atvyko į Green Gables. Prie namo stovėjo Kutbertų šeima. Laukė Anės.

Ji atsivertė puslapį ir pradėjo skaityti. Ji juokėsi iš kiekvienos bėdos, į kurią patekdavo Anė.

Tuomet Rozalijai suskaudo skrandį, ir ji norėjo ko nors labai nepanašaus į pusryčius. Želė salotų. To, ką mama jai gamindavo ypatingomis progomis, kai ji buvo maža mergaitė. Jos mėgstamiausia dalis buvo plakta grietinėlė ant viršaus.

BINGO.

Priešais ją stovėjo želė salotos su vaivorykštės sluoksniu, ant viršaus - šlakelis plaktos grietinėlės. Ji manė, kad šaukštas ir

BINGO.

Atsirado vienas. Bet tada ji prisiminė, kaip mama ir tėvas ją barė, jei ji pirma suvalgydavo desertą. Ji pagalvojo apie bulvių košę. Karštą garuojančią su ant viršaus tirpstančiu sviestu. Ir mėsos kepsnį su kečupu. Ir ką tik iš daržo nuskintus žirnelius.

BINGO.

Priešais ją stovėjo didžiulis dubuo bulvių košės. Sviestas buvo ištirpęs ant šonų. Tai buvo meno kūrinys. Atrodė beveik per skanu valgyti.

Šalia gulėjo mėsos kepsnio kvadratėlis su kečupo lašeliu per visą viršų.

Atskirame dubenėlyje - žirneliai. Ant viršaus - mėtos šakelė.

Ji nusišypsojo. Būdama maža mergaitė ji nemėgo liesti savo maisto produktų. Šiame kambaryje virėjas žinojo, ką ji mėgsta.

Tačiau virėjas pamiršo duoti jai valgymo įrankių. Ji įsivaizdavo peilį ir šakutę.

BINGO.

Jie taip pat buvo atvežti. Ji godžiai valgė. Atsargiai, kad nesugadintų „Anos iš Žaliųjų gaublių". Knyga, pajutusi apsaugos poreikį, pakilo į viršų ir pakibo ore, kur Rozalija galėjo lengvai ją pasiekti.

Rozalija suvalgė viską, įskaitant želė salotas, kurios virpėjo ant šaukšto.

Kai ji baigė

BINGO

indai, stalo įrankiai ir kt. dingo.

Keletą akimirkų padėkojusi už gautą maistą, ji pažvelgė į knygą.

Jei skriejo prie jos, ir ji vėl pradėjo skaityti.

Skaitė ir laukė.

Ko ar kieno ji laukė - ji nežinojo.

SKYRIUS 18

CHARLES DICKENS

Londono mieste,Anglijoje, iš dangaus nukrito metalinis konteineris.

Pats konteineris nebuvo ilgas ar panašus į bunkerį. Tiesą sakant, labiausiai jis priminė kapsulę. Skirtumas tas, kad šis daiktas buvo kvadrato formos ir neturėjo langų. Vietoj langų iš visų pusių jis buvo veidrodinis. Be to, būdamas plokščias, kai atsitrenkdavo į vandenį, jis su didžiule jėga slydo per jį. Jis nusileido ant Temzės upės kranto.

Visa tai stebėjo du detektorininkai, kurių vardai buvo Džonas ir Polas. Abiem vyrams buvo apie trisdešimt metų. Jie pragyveno iš detektavimo pelno. Todėl jie buvo laikomi profesionaliais detektoriais.

Detektorininkų darbo valandos buvo įvairios. Jie dirbo savarankiškai ir buvo atsakingi už savo įrankių priežiūrą ir tvarkymą.

Detektoriui reikėjo daug įrankių. Jis nenorėjo vykti į kasinėjimus nepasiruošęs. Dauguma visur su savimi nešiojosi įrankių dėžę. Jos viduje buvo būtiniausi daiktai. Paminėsime tik keletą: ausinės, apsauga nuo lietaus, diržai, kasimo įrankiai, kastuvai, įrankių diržas, prijuostė (su kišenėmis,) neperšlampamas maišelis, kuprinė, šiukšlių maišas.

Dauguma Džono ir Polo kasinėjimų vyko Londone, prie Temzės upės. Kaip reikalauja įstatymai, jie turėjo „Standard" ir „Mudlark" leidimus. Juos išduodavo Londono uosto direkcija.

Leidimas leido jiems kasti iki 7,5 cm gylio, jei to reikėjo (kopėčios buvo reikalingos nepriklausomai nuo to, ar ketinai kasti, ar ne).

Kvadratinio objekto - kuris nusileido priešais juos - atveju reikėjo šiek tiek pagalvoti. Prieš atnešdami jį ir pareikšdami pretenzijas dėl jo.

„Norite pažvelgti iš arčiau?" Paulius paklausė.

Daug nekalbėjęs Džonas linktelėjo galva.

Jie žengė į priekį su įrankiais rankose. Jų wellingtono batai girgždėjo ir girgždėjo, su kiekvienu žingsniu išstumdami purvą ir vandenį. Upės pakrantė po kelias dienas trukusio nuolatinio lietaus dažnai būdavo labai purvina.

„Reikalavimas!" Paulius pasakė.

„Teisingai, - tarė Džonas.

Nors jie abu tai pamatė lygiai tuo pačiu metu, jis žinojo, kad tai buvo pretenzija ir jo vardu. Jie buvo partneriai, visada buvo, ir niekas niekada to nepakeis.

Abu vargais negalais nužingsniavo toliau, kol jį pasiekė. Jis buvo panašus į kvadratinį veidrodinį rutulį, o kai jie bandė jį apžiūrėti, viskas, ką matė, buvo jų pačių atspindžiai jame.

„Man reikia kirptis, - pasakė Džonas.

Polas nusišypsojo, nes bato pirštu palietė jo šoną. „Turi būti būdas jį atidaryti", - pasakė jis.

„Jis per didelis, kad galėtume apsiversti", - pasakė Džonas, išsitraukdamas iš kišenės matavimo juostą ir matuodamas vieno šono aukštį. Jis parodė rezultatą Pauliui, kuris rodė: 60 centimetrų.

Jie apėjo aplink objektą. Kartkartėmis sustodami bakstelėti, paliesti. Atsargiai, kad ant veidrodinio objekto neliktų purvinų pirštų atspaudų. Bet tikėjosi, kad palies slaptą mygtuką ir jis atsidarys.

Ir klausėsi. Kad įsitikintų, jog jis neskamba.

„Gal mums reikėtų nunešti jį į muziejų arba pranešti apie savo atradimą?" Polas pasiūlė. „Jie atsiųstų sunkvežimį arba kraną, kad jį paimtų ir pervežtų. Po to, kai jį apžiūrės sprogdintojai".

Džonas papurtė galvą.

„Jei jie atsiųs sprogdintojus, jie jį susprogdins. Visur mėtysis sudužęs stiklas, o mūsų pretenzijos bus bevertės".

„Tiesa, tiesa, - tarė Polas. „Tie vyrukai mėgsta viską sprogdinti. Tai juk privalumas, ar ne?"

„Manau, kad taip. Ką turėtume daryti dabar? Jis nekibirkščiuoja. Šiuo atžvilgiu mums viskas aišku."

„Taip, būrio nereikia", - pasakė Polas. Jis apėjo objektą, rankas laikydamas už nugaros. Tai buvo jo mąstymo eisena. Džonas ėjo jam iš paskos, pritardamas jo žingsniams, rankas laikydamas už nugaros.

Polas tarė: - Turime išsiaiškinti, kas tai yra ir kokio amžiaus. Pagal 1996 m. lobių įstatymą turime reikalauti tik tam tikrų dalykų. Tai neatrodo kaip auksas ar sidabras ir tikrai neatrodo senesnis nei trys šimtai metų. Šis radinys gali būti mūsų ir tik mūsų, t. y. mums gali nereikėti apie jį pranešti vietiniam FLO (Finds Liaison Officer).

„Tikrai ne auksas ar sidabras, - tarė Džonas, stuktelėjo į metalinį daiktą ir įsiklausė. Jis skambėjo tuščiaviduris. Jis stuktelėjo jį keliose vietose ir įsiklausė.

Virš jų pasirodė dvi švieselės.

Viena buvo žalia, kita - geltona.

Jos nusileido ant objekto viršaus.

„Šaunuoliai!" Paulius pasakė.

„Ar mes išprotėjom?" Jonas paklausė kraipydamas galvą.

„Nemanau, kad taip", - atsakė Polas.

Žibintai pakilo ir plaukė aplinkui. Abu nukrito prie konteinerio papėdės. Jiems nusistovėjus, žibintai pakėlė jį ir laikė vietoje. Po kelių sekundžių jis pradėjo suktis, iš pradžių lėtai, paskui pagreitėjo. Netrukus jis ėmė suktis dideliu greičiu. Sukdamasis jis ėmė dainuoti aukštu balsu.

Detektorininkai puolė ant kelių ir rankomis užsidengė ausis. Jų kūnus sukaustė pykinimas, visai nepanašus į jūros ligą. Ir jie labai bijojo.

„Kas vyksta?!" Džonas sušuko.

„Manau, kad tas daiktas išsirito!" Paulius atsakė.

Kai konteineris nukrito ant žemės, pulsavo. Sujudėjo. Drebėjo. Kai veidrodinė dėžė žiojėjo, jos dalis lyg pakeliamasis tiltas nusileido ant žolėtos upės pakrantės.

„Arrrgggggh!" - sušuko detektorininkai.

Jie laukė, žiūrėdami pro tarpą tarp pirštų. Jau nebenorėjo reikalauti daikto. Jau nesidomėjo jo verte.

Išėjo jaunas berniukas.

„Tai vaikas, - pasakė Paulius, atsistojęs.

Jonas taip pat atsistojo ir užsidėjo rankas ant klubų.

„Palauk, - pasakė Polas. „Jis apsirengęs kaip vienas iš tų Oliverio Tvisto vaikų".

„Aš esu atgimęs", - sušuko berniukas, kilstelėdamas kepurę, paskui grąžindamas ją ant galvos. Jis išsitiesė, užsimerkė, tada apžvelgė aplinką. „Žiūrėk, ten! Parlamento pastatai. Jie pasikeitė nuo tada, kai mačiau juos paskutinį kartą. Ir klausyk, - pasakė jis, kai laikrodis išmušė vieną, du tris kartus. „Kodėl Didjjį varpą uždarė į narvą?" - paklausė jis.

„Ką reiškia „narve"? Jis vadinasi Didysis Benas, - atsakė Polas. „Ir kodėl tu taip apsirengęs? Ar dalyvaujate kostiumų vakarėlyje?"

Vaikinas patapšnojo liemenės priekį. Patikrino, ar liemenė užsegta iki galo, o kelnių klešnės iki galo nuleistos. Jis buvo labiau įpratęs dėvėti trumpas kelnes, o ilgesnes visada norėdavo užsimauti. Ant galvos buvo užsidėjęs kepurę, kurią nusiėmė prieš vėl prabildamas.

„Ar žinote kelią į Portsmutą?" - paklausė jis. „Motina ir tėvas dėl manęs nerimaus".

Detektoriai pažvelgė vienas į kitą, bet nė vienas iš jų nekalbėjo. Eilinį kartą gyvenime jie buvo nekalbūs.

„Aš einu", - pasakė vaikinas ir vėl užsidėjo kepurę.

POP.

POP.

Atskubėjo Hadzė ir Rikis, ir užsiblokavę skriejo tiesiai berniukui prieš akis.

„Čarlzai Dikensai, tau reikia pasilikti su šiais dviem vyrais. Jie nuves tave ten, kur tau reikia. Tau reikia būti su E-Z."

„Ką jie sakė?" Džonas paklausė trindamas ausis. „Manau, kad išprotėsiu."

„Jie sakė, kad jis Čarlzas Dikensas. Čarlzas Dikensas! Ir mes turime padėti jam patekti į E-Z, kad ir kas jis būtų, kai jis yra namuose, - atsakė Polas.

Čarlzas Dikensas. Tas Čarlzas Dikensas. Kitaip dar žinomas kaip E-Z ir Semo tolimas giminaitis... Nukreipė kepurę į dvi į fėjas panašias būtybes. „Kartą turėjau knygą, ant kurios viršelio buvo Grimų fėja. Ar pažįstate jį?" - paklausė jis.

Hadzė ir Rikis krūptelėjo, paskui dingo.

POP

POP.

Čarlzas Dikensas iš naujo užsidėjo skrybėlę: „Aš važiuoju į Portsmutą". Jis pradėjo eiti.

„Ne, tu ne", - vienbalsiai pasakė detektorininkai.

„Žinoma, kad einu", - tarė jis.

„Portsmutas - tai ilgas pasivaikščiojimas", - pasakė Džonas.

Už jų veidrodinis kubas ėmė virpėti ir drebėti. Tada jis prakalbo: „Šis cybus autem speculatam savaime susinaikins po 5, 4, 3, 2, 1, 0".

Detektorininkai nukrito ant žemės, užsidengdami galvas rankomis.

PŪP.

Ir jo nebebuvo.

„Vau!" Dikensas ištarė. Tada jis parodė į Londono akį. „Kas tai, po velnių, yra?" - paklausė jis.

Detektorininkai nubėgo priešais Čarlzą. Vedė ir valė kelią. Tarsi du futbolo gynėjai jie saugojo jį. Vengdami dviračių, pėsčiųjų ir benamių šunų. Nukreipdami jį į kitus kelius, kad išvengtų tramvajų, taksi ir motorolerių.

„Tai vadinasi Londono akis, iš ten matosi daugybė mylių ir mylių".

„Ar yra kokia nors galimybė, kad netrukus galėsime ką nors pavalgyti?" Čarlzas paklausė trindamas pilvą.

„Kodėl pirma neužsukus pas mus ir neišgėrus puodelio arbatos?" - paklausė Polas. „Mano mama gamina puikią arbatą ir galbūt net įdės sausainių."

„Man skamba gerai, - tarė Dikensas. „Tada turėsiu keliauti namo. Motinai bus įdomu, kur aš esu. Man nevalia vėlai būti lauke, o atsižvelgiant į tai, kur yra saulė, manau, kad ji netrukus nusileis."

Kai jie priartėjo prie vienuolyno sodų, Dikensas pastebėjo lentelę. „Pažiūrėkite čia, - tarė jis. „Čia užrašytas mano vardas."

Džonas ir Polas pažvelgė į Čarlzą Dikensą.

„Ką?" - tarė jis.

„Tu būsi garsiausias visų laikų britų rašytojas", - pasakė Džonas. „O Oliveris Tvistas yra vienas garsiausių tavo personažų".

„Ar tai tiesa?" Čarlzas paklausė.

„Taip, - atsakė Polas. „Ir nenoriu tavęs įžeisti ar panašiai, bet, žinai, Viljamas Šekspyras taip pat gana garsus", - pasakė Polas.

„Šekspyras buvo dramaturgas. Ar aš rašiau pjeses?" Čarlzas paklausė.

„Ne, jūs rašėte romanus. Na, tada gal tu ir teisus."

Jie atvažiavo į Pauliaus namus: „Mama, tai Čarlzas Dikensas", - pasakė jis.

Ji buvo virtuvėje, vilkėjo pinny (prijuostę) ir, prieš paspausdama Čarlzui ranką, nusišluostė rankas į jos priekį.

„Ar esi susijęs su Čarlzu Dikensu?" paklausė Pauliaus mama.

„Malonu vėl tave matyti", - pasakė Džonas, keisdamas temą. „Ar galėčiau būti toks nemandagus ir paprašyti puodelio arbatos su duona ir sviestu?"

„Jūs trys eikite vidun ir atsisėskite, aš tuojau atnešiu", - pasakė ji, išlydėdama juos iš virtuvės.

Jie įsitaisė priekiniame kambaryje. Polas atsisėdo netoli lango, kad galėtų žiūrėti pro tinklines užuolaidas.

Tuo tarpu Džonas ir Polas mąstė panašiai. Kaip jie atrado Čarlzą Dikensą ir kaip galėtų iš to užsidirbti šiek tiek pinigų.

Polas ieškojo: Kada mirė Čarlzas Dikensas? Atsakymas: Kada mirė D. Dikensas? 1870. Jis parodė ekraną Džonui.

„Kodėl norėjote vykti į Portsmutą?" Džonas paklausė.

„Kažkada ten gyvenau", - atsakė Čarlzas.

„Ar turi dar kokių nors knygų?" - paklausė Polas. „Turiu omenyje knygų, kurių dar nesate išleidęs?"

„Nežinau, - atsakė Čarlzas. „Ar daug knygų esu parašęs?"

„Taip, tikrai parašei, Čarlzai", - pasakė Džonas.

„Kokių nors gerų?" Čarlzas pasiteiravo.

„Kai buvau berniukas, perskaičiau „Oliverį Tvistą" ir „Didžiuosius lūkesčius". Puikios, bet mano skoniui šiek tiek ilgos", - pasakė Polas.

„Kalėdų giesmė" buvo gera, - pasakė Džonas, - ‚Ne per ilga ir puiki pamoka'.

Kambaryje kelias minutes buvo tylu.

„Man reikia surasti tą Ezekielį Dikensą - arba, kaip jį vadina draugai, E-Z, - pasakė Čarlzas. „Nežinau, iš kur tai žinau, bet manau, kad jis gyvena Amerikoje". Jis zyzė ad vos galėjo išlaikyti akis atmerktas.

Įėjo Polos mama, nešdamasi padėklą, pilną skanėstų. Visi pavalgė iki soties, ir netrukus Čarlzas užmigo ant kėdės.

„Ak, mažylis kietai miega", - pasakė Pauliaus mama, uždengdama jį antklode.

„Jis toks mažas", - pasakė ji.

„Bet jis vienas didžiausių rašytojų".

Jonas įsiterpė: „Rašymas jam įaugęs į kraują, todėl vieną dieną jis gali tapti didžiu rašytoju."

Pauliaus mama nusijuokė, tada nuėjo į savo kambarį pažiūrėti truputį televizoriaus.

Tuo tarpu Polas ir Džonas svarstė, ką jiems reikėtų daryti su Čarlzu Dikensu.

„Gaila, kad negalime jo pasilikti, - pasakė Džonas.

„Na, nemanau, kad muziejus jį priimtų", - pasakė Polas.

Abu sutarė šiek tiek paieškoti apie Čarlzą Dikensą internete.

POP

POP.

Džonas ir Polas žvelgė į priekį, tarsi miegotų. Nors jie buvo plačiai išsišiepę. Hadzė ir Reikia jiems dainavo dainą, kuri skambėjo maždaug taip:

„Čarlzas Dikensas - tik berniukas.

Jis nėra detektoriaus žaisliukas.

Padėkite jam surasti savo pusbrolį JAV.

Padarykite tai ryte, kitaip mes priversime jus sumokėti!"

Ši dainelė sukosi Džono ir Polo galvose tol, kol jie suprato, ką turi daryti.

„Mes surasime E-Z Dikensą", - pasakė Polas.

„Taip, taip reikia daryti", - pasakė Džonas.

POP

POP.

Ir jie dingo.

SKYRIUS 19

ROSALIE BORED

Rozalijaivis labiau nusibodo skaityti „Aną iš Žaliojo gaublio". Kuo vyresnė ji darėsi, tuo sunkiau jai buvo ilgai susikaupti ties vienu dalyku. Ji nusiėmė akinius ir norėjo turėti levandų spalvos kaukę akims uždengti.

BINGO.

Minkšta kaukė, skleidžianti levandų kvapą, užstojo šviesą ir nuramino pavargusias akis.

„Tarsi čia būtų stebuklingas džinas!" - tarė ji, tada užmerkė akis ir užsnūdo.

Kai po kurio laiko pabudo ir nusiėmė kaukę, ji vėl gulėjo savo lovoje vyresniųjų rezidencijoje. Ar ji išprotėjo, ar mintimis leidosi į kelionę?

Rozalija jautėsi šiek tiek atšalusi, tikriausiai dėl šaltos sterilios aplinkos, kurioje gyveno. Tam tikru paros metu temperatūra nukrisdavo.

Tuo metu ji pastebėjo, kad gyventojai būna savo kambariuose, o lankytojai tvarkosi. Kadangi jie sunkiai dirbo, šalčio nepastebėjo. Ne taip, kaip nieko neveikiantys senjorai.

BINGO.

Atsidarė apatinis jos armonikos stalčius, ir jos minkštas ir pūkuotas raudonas megztinis nuskrido link jos. Jis sustingo, o ji įsikibo į jį rankomis. Ji prisiglaudė jausdama jo šilumą, kai daiktas užsisegė sagas.

„Tai gana keistas įvykis, - pasakė ji.

Ji sėdėjo tyliai, svajodama apie karštos arbatos puodelį su daug cukraus ir pieno.

BINGO.

Ant šalia esančio stalo atsirado puošnus arbatinukas su gėlėmis. Kai arbata buvo užvirusi, ji įsipylė į atitinkamą puodelį, įbėrė du gabalėlius cukraus ir šlakelį pieno.

„Trijų gabalėlių, prašau, - paprašė Rozalija.

Buvo įpiltas trečias gabalėlis.

Arbatos puodelis ant lėkštutės nuplaukė link jos.

„O kaip dėl sausainio ar dviejų?" - paklausė ji.

Ji sustojo ore.

BINGO.

Dabar ant lėkštės buvo du sausainiai.

„Tu pamiršai šaukštelį!"

BINGO.

„Ačiū, - pasakė ji, vis dar svarstydama, ar jai nekyla haliucinacijų ir (arba) ar ji neprarado proto.

Vis dėlto arbata buvo karšta, ne per karšta. Saldi, bet ne per saldi. Ir ji puikiai derėjo su džiūvėsėliais.

Kai ji išgėrė paskutinį lašą iš puodelio....

BINGO

Jis dingo tiesiai iš jos rankų.

Jai buvo įdomu, kiek ilgai tęsis šie stebuklingi triukai ar jos vaizduotės triukai. Kol jie truks, ji jais mėgausis iki soties.

„Palaukite minutėlę!"

Ji prisiminė knygą. Tą, kurios ji nenorėjo, kad kas nors galėtų perskaityti.

„Ar galėtum, - paprašė ji oro, - pataisyti, kad kitas, kuris gali skaityti mano knygą". Ji įkišo ranką į stalčių ir ją pakėlė. „Taigi, vieninteliai, kurie, be manęs, gali ją skaityti, yra Lia, Alfredas ir E-Z. Niekas kitas. Jei kas nors kitas ją ras ir pervers puslapius, visi jie bus tušti".

Ji laukė ženklo. Arba triukšmo, bet jo nesulaukė.

Ji grąžino knygą į stalčių, apsivertė ir vėl užmigo.

POP

POP

„Ar ji jau miega?" paklausė Hadzė.

„Manau, kad taip. Ji knarkia!"

„Atsargiai, kad jos nepabudintum. Bet mums reikia ją įvesti į laivą - turiu omenyje, oficialiai".

„Archangelai suteikė jai galių, kad ji prižiūrėtų Liją, E-Z ir Alfredą. Jie žino apie ją, - priminė Reikia.

„Tai tiesa, ir ji bus ištikima tiems vaikams. Ir kitiems. Archangelai nežino apie juos nieko konkretaus - ir manau, kad taip geriau".

„Sutinku. Taigi, ką mums reikia daryti. Kad taip būtų?"

„Rozalija, - sušnabždėjo Hadis tiesiai jai į kairę ausį. „Tu juk nori padėti Lijai, E-Z ir Alfredui, ar ne?"

„Taip", - sumurmėjo Rozalija.

Reikia kalbėti. „O kaip dėl kitų? Ar nori juos apsaugoti? Net nuo arkangelų?"

„Taip", - atsakė Rozalija.

„Labai gerai", - tarė Reikis. „Dabar suteikime jai atminties postūmį. Juk nenorime, kad ji pamirštų, ką sutiko padaryti, ar ne?"

Hadzė ir Reiki užtraukė dainą,

„Prisiminimai yra gražūs dalykai.

Kurie sklando aplink kaip dūmų žiedai.

Atgal ir pirmyn, pirmyn ir atgal

Tegul Rozalijos prisiminimai palaiko ją kelyje.

Magija, magija ore ir jūroje

Įpareigojanti mūsų sutartį su Rozalija".

POP

POP

Hadzė ir Reiki dingo, o senoji brangioji Rozalija knarkė toliau.

SKYRIUS 20
COUSINS

Ryte,Anglijoje, kol virdulys virė, Jonas ir Paulius ruošėsi. Kompiuteris buvo įjungtas, o paieškos sistema atidaryta.

„Aš paruošiu arbatos, - pasakė Džonas.

„Aš pradėsiu spausdinti, - pasakė Polas ir paieškos juostoje įvedė Ezekielį Dikensą. „O, - pasakė jis. „Dabar tai buvo netikėta.“

Džonas atėjo nešinas padėklu su arbata, cukraus gabalėliais dubenėlyje, karštu sviestu pateptu skrebučiu, su stiklainiu marmelado šone.

„Ką nors radai“, - paklausė jis.

„Pažiūrėk į tai“, - pasakė Polas, pasukdamas ekraną ir įmaišydamas cukraus gabalėlius į arbatą.

Tai buvo Trijų superherojų svetainė. Jie žiūrėjo, kaip prisistato E-Z, o paskui jį - Lia ir Alfredas.

„Ar tai teisėta?“ Jonas paklausė. „Jie atrodo kaip trys personažai iš animacinių filmų tinklo“.

Tada prasidėjo kalnelių gelbėjimo rekonstrukcija. Polas paspaudė PAUZĖ. Jis atidarė kitą langą. Įvedė atrakcionų parko gelbėjimo įrenginį E-Z Dickens. Pasirodė laikraštis su straipsniu apie tai. „Tai teisėta", - pasakė jis.

„Vadinasi, Čarlzo giminaitis yra superherojus?"

„Ar manai, kad mes apskritai panašūs?" - "Ne. Čarlzas paklausė. Jis vis dar pusiau miegojo su per didele pižama, kurią jam davė miegoti. Jis paėmė iš lėkštės skrebučio riekelę ir į ją įkando.

„Jūs abu turite Dikensų nosis, - pasakė Džonas.

Čarlzas atidžiau pažvelgė į sustabdytą ekrano dalį.

„Pagal tai, kada gimėte, - pasakė Polas, gūglindamas, - nuo 1812 m. iki dabar, E-Z būtų jūsų septintas ar aštuntasis pusbrolis."

„Ką reiškia, kad pusbrolis yra išvežtas?"

„Tai reiškia, kiek kartų jus skiria, - pasakė Džonas.

„Taigi, mano protėvis yra superherojus. Kas yra superherojus? Ar jis toks kaip seras Gvenas ir Žaliasis riteris?"

„Ak, prisimenu, kad skaičiau tai mokykloje, kai buvau berniukas, taip, riteriai ir superherojai panašūs, - pasakė Polas.

Džonas nuslinko žemyn, norėdamas pažiūrėti, ar E. Z. Dikensas nebuvo paminėtas kur nors kitur. „YouTube" buvo įrašai, kuriuose jis žaidė beisbolą prieš atsisėsdamas į neįgaliojo vežimėlį ir po to.

„Jis gana sportiškas, - pasakė Džonas. „Ir jis sportuoja neįgaliojo vežimėlyje".

„Žaidimas atrodo panašus į Rounders", - pasakė Čarlzas.

„O palauk, čia kažkas apie jo tėvus", - pasakė Polas.

Jie perskaitė E-Z tėvų nekrologus apie nelaimingą atsitikimą, kuris nusinešė jų gyvybes.

„Vargšas berniukas", - pasakė Čarlzas. „Bent jau dabar juo rūpinasi tėvo brolis Samas".

„Kodėl jam tiesiog nepaskambinę?" paklausė Polas. Jis atsivertė telefoną ir paskambino į informacijos skyrių.

Čarlzas pažvelgė jam per petį, o Paulius kalbėjo į jį ir atsiliepė moteriškas balsas. „Man reikia puodelio arbatos", - pasakė jis.

Džonas nuėjo į virtuvę jo atnešti.

Tuo tarpu Polas paprašė Ezekielio Dikenso numerio Šiaurės Amerikoje. Surinkęs numerį ir telefonui pradėjus skambėti, Polas įjungė garsiakalbį.

„Sveiki, - pasakė Samas.

Čarlzas vos nepametė arbatos puodelio.

„Ech, labas, mano vardas Polas ir skambinu iš Londono, Anglijos. Norėčiau pasikalbėti su Ezekieliu Dikensu, prašau".

„Aš jo dėdė, ar galiu paklausti, dėl ko tai vyksta?" Samas nuėjo koridoriumi į E. Z. kambarį.

Trys žiūrėjo filmą per naują plokščiaekranį televizorių. Samas paėmė nuotolinio valdymo pultelį ir paspaudė MUTE. Tada įjungė savo telefono garsiakalbį.

„Tiesą sakant, nesu tikras, - pasakė Polas. „Ne aš noriu su juo pasikalbėti, o, na, tai...“

„Aš.“ Telefonu pasigirdo naujas balsas. Jaunesnio žmogaus balsas.

„O kas jūs?“ Samas paklausė.

„Mano vardas Čarlzas Dikensas.“

Samas perdavė telefoną sūnėnui. „Jis sako, kad jo vardas Čarlzas Dikensas“.

„Sakiau, kad šiandien nutiks kažkas keisto, - pasakė Alfredas.

„Aš irgi, - tarė Lija, - bet nežinojau, kad tai bus susiję su Čarlzu Dikensu!“

E-Z suabejojo prieš sakydamas: „Tai E-Z Dikensas, eee, ponas eee, Čarlzas. Kuo galiu būti naudingas?“

Čarlzas nusijuokė. Tai buvo nervingas juokas. Jis nežinojo, ką atsakyti. Jis dar niekada nebuvo kalbėjęs su žmogumi, kuris buvo kitoje pasaulio pusėje.

„Grįžau, - ištarė jis. „Kad tave surastų. Džonas ir Polas, mano draugai, yra (jis mostelėjo ranka per telefoną) - detektorininkai...“

E-Z anksčiau nebuvo girdėjęs termino detektorininkai.

„Jie naudoja aparatus daiktams surasti, - pasakė Alfredas.

Paulius perėmė kalbą. „Kažkoks daiktas nusileido į upę. Jame buvo Čarlzas Dikensas. Dvi lemputės, viena žalia, kita geltona, mums pasakė, kad Čarlzui reikia susisiekti su E-Z Dikensu“.

„Koks daiktas?" E-Z paklausė. „Ar tai buvo panašu į bunkerį?"

„Čia Džonas", - pasakė naujas balsas. „Ne, tai buvo kubas. Veidrodinis kubas."

E-Z užsidengė delnu telefoną: „Nepanašu į vieną iš tų bunkerių".

„Ar tave atsiuntė angelai?" Lija sumirksėjo. pasakė: „Beje, aš esu Lija, o kitas balsas, kurį girdėjai, buvo Alfredas. Esame čia kartu su E Z ir Semu".

„Malonu su jumis visais susipažinti, - pasakė Čarlzas.

„Kiek jums metų?" E-Z paklausė.

„Manau, apie dešimt metų. Ar tiesa, kad esame pusbroliai?"

„Taip, - atsakė E-Z, - ir dėdė Samas taip pat yra tavo pusbrolis."

„Mus sieja erdvė ir laikas, - pasakė Čarlzas.

„E-Z irgi yra rašytojas, - pasakė Samas.

E-Z susiraukė, ir jo skruostai tapo karšti.

Samas alkūne sugrąžino sūnėną į realybę.

„Tai daug ką reikia apdoroti, pone Dikensai, eee, turiu omenyje Čarlzą. Reikės suplanuoti, kaip tave čia atvežti, arba aš galiu atvažiuoti pas tave. Ar gali šiek tiek pabūti su Džonu ir Polu, o kai sugalvosime, ką daryti, vėl susisieksime?"

Paulius atsakė: „Taip, mama sako, kad Čarlzas nekelia jokių problemų. Jis gali pasilikti su mumis tiek, kiek nori".

„Aš tau perskambinsiu", - pasakė E-Z.

Telefonas atsijungė.

„Beje, - pasakė Samas, - Ardeno kietajame diske nebuvo nieko naudingo. Išskyrus patvirtinimą, kad jie kartu buvo prisijungę prie interneto ir žaidė daugelio žaidėjų šaudyklę."

„Gera žinoti", - pasakė E-Z, tą daug ką jau buvo išsiaiškinęs pats.

SKYRIUS 21
PLANAS IR ROSALIE

Jo**kambaryje**E-Z, Lia ir Alfredas kartu su dėde Semu aptarė pokalbį.

„Negaliu patikėti, kad tikrasis Čarlzas Dikensas paskambino mums telefonu, - pasakė Samas.

„Taip, bet nesuprantu, kodėl jis čia. Ir ko jis čia atvyko", - pasakė E-Z. „Turiu omenyje, jam dešimt metų - jis mąsto. Ir jo kelionės būdas skamba keistai - veidrodinė kvadratinė dėžė. Kas čia per velniava?"

„Tai skamba ne kaip kosminis laivas, - pasakė Alfredas, - Ne tai, kad mes žinome, kaip toks atrodytų."

„Palaukite!" Lija ištarė.

E-Z pažvelgė į ją. „Ar tu galvoji tai, ką galvoju aš?"

Ji linktelėjo galva.

„KĄ?" Alfredas paklausė.

„Prisimeni, kai archangelai mus pasikvietė, kad pasakytų, jog vienas iš mūsų turi mirti?" Lia paklausė.

Alfredas ir E-Z linktelėjo galva.

„Pagalvokite apie konteinerį. Tarsi vėl grįžtumėte į jį ir prisimintumėte daiktus, kuriuos radome. Dokumentus, kuriuos radome?"

„Aš suprantu, apie ką jūs kalbate. Turite omenyje kito pasaulio informaciją. Apie mūsų gyvenimą alternatyviuose matmenyse?" E-Z paklausė.

„Būtent, - atsakė Lija.

Alfredas pašoko ant lovos.

„Ką?" Samas paklausė.

E-Z paaiškino, kiek tik galėjo.

„Taigi, leisk man pažiūrėti, ar teisingai supratau", - pasakė Samas. „Mes visi turime gyvenimus, kur nors kitur, ne tik čia. Turiu omenyje žemėje. Yra ir kitų mūsų versijų, gyvenančių ne tik mūsų, bet ir kitus gyvenimus. Atskirais laikais, skirtingose erdvėse, skirtinguose matmenyse".

„Teisingai", - pasakė E Z.

„Tad ar galime pakeisti savo gyvenimus?" Samas paklausė. „Turiu omenyje, pakeisti rezultatus? Ar galime užkirsti kelią baisiems dalykams?"

„Nemanau, kad taip, - atsakė Lija. „Bet nežinau, kiek jie nori, kad mes žinotume apie kitus matmenis. Bet iš to, ką mums pasakojo Erielis, mes esame centras. Visa kita, kas vyksta, sukasi aplink mus ir gyvenimą, kurį dabar gyvename."

„Vadinasi, - tarė Alfredas, - Čarlzo Dikenso buvimas čia turi būti kažkaip susijęs su Eriel ir kitais".

„Taip, aš irgi apie tai galvoju, - pasakė E-Z. „Bet kodėl dabar? Procesai baigti. Tai buvo jų pasirinkimas. Vis dėlto atrodo, kad jie negali palikti manęs ramybėje".

„Sugrąžinti Čarlzą Dikensą. Ir dar dešimties metų amžiaus jo versiją! Man tai neturi jokios prasmės, - tarė Lija.

„Galbūt, kai su juo susitiksime, - tarė Samas, - viskas taps prasminga".

„Ne, jei tai susiję su Eriel," - pasakė E-Z. „Su juo niekas nebūna paprasta."

„Atrodo, kad kelionė į Londoną yra vienintelis būdas tai išsiaiškinti, - pasakė Samas.

„Atrodo, lyg nebūčiau ten buvęs taip seniai."

„Taip, tau nesunku nuvažiuoti. Tereikia nukreipti kėdę reikiama kryptimi, ir jūs išvyksite, - pasakė Alfredas. „Tuo tarpu su manimi dėl viso to plasnojimo reikia daug energijos, o ir vėjas yra svarbus veiksnys."

„Galėtum įšokti į lėktuvą, jei dėdė Samas skristų su tavimi", - pasiūlė E-Z. „Viskas, ką tau reikėtų daryti, tai sėdėti vienoje vietoje su kitais keleiviais ir mėgautis kelione."

Alfredas pakraipė galvą.

„Sakau tai ne tam, kad jaustumeisi blogai. Tik primenu, kad visi esame toje pačioje valtyje".

„Aš tai suprantu. Ir ačiū."

Gerai, o dabar grįžkime prie svarstomo klausimo, - pridūrė E-Z. Jis spustelėjo televizoriaus mygtuką.

Lija žvelgė į priekį, tarsi apimta transo. „Rozalija!" - sušuko ji.

„Kas?" Alfredas paklausė.

Lia toliau žiūrėjo į erdvę.

„Ar Lijai viskas gerai?" Samas paklausė. „Ji vos kvėpuoja."

Lia atsistojo. „Turiu tau kai ką pasakyti. Sutikau žmogų, ne asmeniškai, bet savo galvoje. Ji yra mano galvoje ir jau kurį laiką su ja kalbuosi. Ji prašė manęs nieko nesakyti - kol kas. Manau, kad tai gali būti susiję su visu tuo Čarlzo Dikenso reinkarnacijos reikalu".

„Mes klausomės, - pasakė E-Z ir pasilenkė arčiau.

„Jos vardas Rozalija. Ji gyvena Bostone, pagyvenusių žmonių namuose - ir yra gana sena. Ji serga demencija."

„Ar tai ne ta, dėl kurios prarandama atmintis?" Alfredas paklausė.

Tačiau vos tik Rozalija išgirdo Liją paminėjus savo vardą, mintimis ir kūnu ji persikėlė į E-Z kambarį. Ji pakibo virš jų, atidžiai klausydamasi kiekvieno sakomo žodžio. Ji pravėrė gerklę, norėdama įsitikinti, ar jie ją mato ar girdi, - nematė. Ji norėjo, kad būtų pasiėmusi užrašų knygelę ir rašiklį.

BINGO.

Abu atkeliavo į jos rankas. Ji nusišypsojo ir ėmė užsirašinėti.

„Norite pasakyti, kad jūs abu jungiatės - per ESP?" Alfredas paklausė. „Maniau, kad tik aš vienas turiu ESP?"

„Tai ne visai ESP, nemanau. Ne taip, kaip tu ją turi."

„Kaip tai?" Alfredas pasiteiravo.

„Rozalijos prisiminimai dingo. Bet kokiu atveju didžioji jų dalis. Ji net neatpažįsta savo šeimos, kai jie ateina jos aplankyti. Jie lankosi nedažnai. Ji neprieštarauja, nes jų nemėgsta. Bet kažkaip mes tapome susiję. Ir ji viską žinojo apie mus ir mūsų galias. Ji savotiškai mumis rūpinosi".

„Kodėl mums tai pasakoji dabar?" E-Z paklausė.

„Nes ji pasakė, kad viskas gerai. Ji taip pat paminėjo Baltąjį kambarį. Ji ten buvo ne vieną, o du kartus. Pirmą kartą ji buvo saugiai sugrąžinta į savo lovą - bet ne šį kartą. Ji sako, kad dabar yra ten, ir jie neleidžia jai grįžti namo".

„Kaip abu žinote, esu buvęs Baltajame kambaryje, - pasakė jis. „Tai vieta, kur arkangelai pirmą kartą davė pažadus ir pasakė, kad vėl galėsiu būti su savo tėvais. Iš esmės, ten, kur jie, naudodamiesi bandymais, mane parsivedė į laivą".

Samas tarstelėjo: „Kartą Erielis mane pagrobė į Baltąjį kambarį. Iš pradžių buvo pakankamai malonu, šiaip ar taip - kol jis neleido man išeiti".

„Taip, - tarė E-Z, - Erielis netaktiškas. Ir tai gana šauni vieta. Gauni viską, ko tik paprašysi, apie tai galvodamas - kaip ir apie magiją. Ir yra knygų - knygų su sparnais. Bet nenoriu čia per daug gilintis - susitelkime į Rozaliją. Kas dabar vyksta?"

Rozalija nusijuokė, pagalvojusi, kas būtų, jei ji pasakytų Lijai, kad vienu metu yra dviejose vietose?

Ne, tai gali jas išgąsdinti. Ji šnekėjosi su Lija mintyse ir pakeliui pasakė keletą baltų melagysčių.

„Ji sako, kad apsimeta mieganti. Ji prisimena, kad prieš akis jai plaukia du taškai, vienas žalias, kitas geltonas".

„Hadžė ir Reiki", - pasakė E - Z. „Pasakyk jai, kad jų nebijotų. Jie yra geri vaikinai."

Ak, - atsiduso Rozalija. Tada ji suprato, kad tai gali būti ta proga, kurios ji laukė. Papasakoti Trims apie kitus. Ji atidžiai pagalvojo, tada nusprendė, kad atėjo laikas pasidalyti tuo, ką žino.

„O, palauk, ji nori, kad kai ką tau papasakočiau". Lija žvelgė į priekį, kai Rozalijos balsas sklido tarp lūpų: „Yra ir kitų tokių kaip tu, aš juos mačiau. Manau, kad dėl to ir esu čia."

„Kiti, tokie kaip mes?" Lia, Alfredas ir E-Z sušuko.

„Nesu tikra, kiek turėčiau jiems papasakoti apie kitus šiame kambaryje esančius vaikus. Ar turite man kokių nors patarimų? Ką turėčiau pasakyti? Ar jie mane įskaudins? Jei papasakosiu jiems apie kitus vaikus - ar jie juos įskaudins?" Rozalija paklausė per Liją.

„Perduodu tau, E-Z", - tarė Lia kaip ji pati.

„Pirmiausia išklausyk, ką jie nori pasakyti, - pasakė E-Z. „Jie papasakos, ką jau žino, o tada jūs galėsite nuspręsti, kiek, jei ką nors daugiau, jiems reikia žinoti."

„Geras patarimas, - pasakė Alfredas. „Visada būk geras klausytojas. Ypač kai esi laikomas prieš savo valią svetimoje vietoje."

Lija pasiūlė: „Aš informuosiu čia esančius vaikinus, jei norite, kad mes liktume ant linijos - taip sakant."

Rozalija kalbėjo naudodamasi Lijos lūpomis kaip savosiomis: - Man reikia išlaikyti visus savo gebėjimus... todėl kol kas pasakysiu per ir iš. Ačiū tau ir gaujai už pagalbą. Susisieksiu su jumis, jei prireiks, kol būsiu čia. Priešingu atveju jus papildysiu, kai vėl grįšiu namo, o tai bus netrukus, nes man trūksta vakarienės. Šįvakar bus kalakutiena, bulvių košė ir žirniai." Ji suabejojo. „Beje, Lija, tu vilki gražią palaidinę."

BINGO.

„Ačiū, - tarė Lija, žvelgdama į savo marškinėlius ir stebėdamasi, iš kur Rozalija žino, ką ji vilki.

„Ką?" E-Z paklausė.

„O, nieko", - atsakė Lija.

Vėl grįžo į Baltąjį kambarį. Rozalija pagalvojo, kad jos užrašų knygelę geriau būtų padėti į naktinio stalelio stalčių.

BINGO

Ir jų nebebuvo.

BINGO

Atėjo vakarienė. Jai viskas buvo skanu, bet dabar ji galvojo tik apie braškių tirštą kokteilį.

BINGO.

Vienas atkeliavo, o greta jo - gabalėlis citrininio pyrago „Lemon Meringue Pie".

Tuomet atvyko Erielis ir Rafaelis.

„O, o, o, - tarė kopėčios, kai jie nuplaukė link jos atrodydami taip, tarsi būtų apsirengę Helovinui.

„Ar aš sapnuoju? Ar mirusi?" Rozalija paklausė.

„Nei viena, nei kita", - atsakė arkangelai.

SKYRIUS 22

SUSITIKIMAS IR PASISVEIKINIMAS

„**Tu**eik ir baigk valgyti, - tarė Rafaelis.

„Taip, neturime ką veikti“, - tarė Erielė.

Kol jie stebėjo, kaip ji valgo, Rozalijai sunkiai sekėsi kramtyti. Turėjo problemų su skoniu. Ir atrodė, kad šalta. Ji žvilgtelėjo į knygų lentynas, į kopėčias. Kai ji padėjo peilį ir šakutę, nujautė, kad šie du nepažįstami žmonės ruošia kažką negero.

„Pirmiausia, - pradėjo Erielis, - šis pokalbis turi likti tarp mūsų ir tik tarp mūsų.“

Mintyse ji kalbėjosi su Lija. „Ar esi ten, vaike? Ar klausaisi?“

„...Išnykimas.“

„Atsiprašau, - tarė Rozalija, - bet ar negalėtum pradėti iš naujo, turiu omenyje nuo pradžių? Esu sena ir nebesuprantu, ką man pasakojate“.

Erielis krūptelėjo. Tarsi mažas berniukas, kurį išbarė, jis išskleidė sparnus ir išskrido. Priartėjęs prie bibliotekos viršaus jis sukryžiavo rankas ir laukė. Laukė, kol Rafaelis duos jam į snukį.

Rafaelis pasilenkė arčiau Rozalijos.

„Tavo akiniai tikrai dailūs, - pasakė Rozalija. „Bet nuo jų man šiek tiek darosi bloga, nes juose pulsuoja ir plūduriuoja kraujas.“

Erielis nusijuokė.

Rafaelis nusiėmė akinius ir įsidėjo juos į savo juodo chalato kišenes.

„Mano brangioji, Rozalija, - tarstelėjo Rafaelis, - prašau nekreipti dėmesio į mano mokytos draugės grubumą, bet mes čia atsidūrėme keblioje situacijoje. Situacijoje, kurioje mums reikia ne tik tavo, bet ir E-Z, Lijos, Alfredo ir kitų pagalbos. Jūs žinote, apie ką kalbu, kai miniu kitus, taip?“

Rozalija linktelėjo galva ir nieko nesakė.

„Mes esame arkangelų komanda ir mūsų galios ribotos. Tai, kas vyksta visame pasaulyje, vyksta su sielomis“.

„Turite omenyje, kai žmonės miršta?“ Rozalija paklausė.

„Būtent.“

„Bet ar tai nėra labiau jūsų, o ne mūsų sritis? Jūs kalbėjotės su Dievu - jis juk jus pažįsta, tiesa? Ir jei bandai pataisyti baisią situaciją, kodėl nepaprašius jo tiesiogiai?“

Kadangi Rafaelis ir Erielis nekalbėjo, Rozalija tęsė.

„Kiek suprantu, kai žmogus miršta, jo kūnas palaidojamas. Arba kremuojamas. Jų sielos - jei jos egzistuoja - gyvena kitoje vietoje."

Erielis po kelių sekundžių jau rėkė jai į veidą. „Tai netiesa.

Rafaelis nustūmė jį į šalį. „Viskas sudėtingiau, nei tu žinai. Per daug sudėtinga, kad dauguma žmonių galėtų suprasti".

„Žmonės gana protingi, - pasakė Rozalija. „Mes buvome Mėnulyje, išradome lėktuvą, internetą, ugnį. Aš nesu genijus, ir vis dėlto tu mane čia atsivežei, kad įtikintum mane".

Erielis vėl nusijuokė.

Šį kartą Rafaelis negalėjo susilaikyti ir taip pat nusijuokė.

Ir juokėsi. Ir juokėsi.

Nė vienas negalėjo savęs sustabdyti.

Rozalija nekreipė į juos dėmesio. Nekreipė dėmesio į tai, kas vyko aplink ją. Kopėčios mėtėsi pirmyn ir atgal, pirmyn ir atgal. Knygos iššoka, paskui vėl įkrenta. Tai buvo toks triukšmas. Toks triukšmingas. Ji vėl troško tylos savo kambaryje.

Ji pagalvojo, kad „Anne of Green Gables".

BINGO.

Knyga buvo jos rankose. Ji atsivertė ją, susirado skirtuką ir pradėjo skaityti. Jei jiems reikėjo jos pagalbos, jie turėjo dėl jos padirbėti. Dabar, kai jie įžeidė ją ir visą žmoniją, ji neketino jiems to palengvinti.

„Gerai tau sekasi, - sušnabždėjo Lija Rozalijos mintyse. „Tu esi atsakinga. O aš esu čia su E-Z ir Alfredu, ir mes tau atstojame nugarą".

Rafaelis ir Erielis vis dar juokėsi. Nekontroliuojami. Atsitrenkdami vienas į kitą ore, tarsi balionai, susispaudę vienas į kitą.

Tuomet ji prisiminė, kad jos citrininis pyragas dar nebuvo suvalgytas. Ji padėjo knygą į šalį, įsmeigė į jį šakutę ir įkando. Jis buvo tobulas. Nei per saldus, nei per rūgštus, tiesiog toks, kokį gamindavo jos mama. Ji suvalgė dar vieną šakutę.

Virš jos Erielis ir Rafaelis isteriškai kvatojosi.

„Liaukitės!" Rozalija sušuko. „Jūs abu esate patys nemandagiausi, patys nemaloniausi, kokius tik esu sutikusi. O savo laiku esu sutikusi nemažai nemalonių žmonių". Ji padėjo šakutę. „Argi jūsų nemokė jokių manierų? Ar apskritai kokių nors manierų?" Ji pakėlė šakutę ir parodė į jų pusę.

Erielė nuskrido žemyn. Po kelių sekundžių jis buvo ant Rozalijos, pravėręs burną. Ji įsmeigė ją į citrinų varškę, tada šakute įsmeigė į archangelo burną.

„Fuuuuuuuuu!" - sušuko jis. Išspjovė, tarsi ji būtų davusi jam arseno.

„Mama visada mokė mane dalytis, - šyptelėjo ji.

Erielės blyškumas iš juodo pasikeitė į žalią. Išvėmęs jis dingo pro sieną.

„Spėju, kad jis nėra pyragų gerbėjas?" Rozalija ištarė.

Rozalijos mintyse nusijuokė Lia.

Rafaelis iš chalato kišenės ištraukė akinius, išvalė juos ir vėl užsidėjo ant veido. Ji atsisėdo šalia Rozalijos. Ji buvo taip arti, kad beveik sėdėjo jai ant kelių.

Vargšė Rozalija.

„MES ŽINOME, KAD YRA IR KITŲ, IR TURIME ŽINOTI, KAS JIE IR KUR JIE YRA - DABAR PAT!"

Jai kalbant Rafaelio veidas iškreipėsi, tapo neatpažįstamas.

Rozalijai pašiurpo plaukai. Jos kūnas drebėjo.

„Nemandagūs žmonės niekada negauna to, ko prašo, o tu, mano brangioji, esi labai nemandagi. Kaip ir tavo draugas, - sušnabždėjo Rozalija.

Rozalija grįžo į save, kokia buvo anksčiau.

Tik šį kartą archangelo taktas buvo pasikeitęs. Ir jos balsas, kai ji pasakė, buvo sirpstantis,

„Aš eisiu pro tą sieną ir prisijungsiu prie Erielės. Po penkių minučių grįšime ir pradėsime iš naujo. Mums reikia tavo pagalbos - tu teisi - ir mes jos prašome ne taip, kaip turėtume". Tada moteriai sienoje: „Nustatykite laikmatį penkioms minutėms". Tada vėl į Rozaliją: „Kai suskambės laikmatis, grįšime ir pradėsime iš naujo." Kaip ir žadėjo, Rafaelis pajudėjo link sienos ir dingo pro ją.

Laikrodis sienoje garsiai tiksėjo. Jis atrodė ne vietoje. Netgi per daug triukšmingas bibliotekai.

„Tai labai erzina!" - pasakė kopėčios, priartėdamas arčiau.

„Atsiprašau, už visą tą triukšmą", - tarė Rozalija. „Mano buvimas čia sukėlė jums tik chaosą".

„Tu mums patinki", - pasakė kopėčios. „Kodėl jums truputį nepasislinkus? Tai padės jums pasijusti geriau."

Rozalija atsistojo, nes tikėjosi, kad po tokio gausaus valgio jausis pavargusi. Vietoj to ji buvo kupina energijos. Ypač jos kojos. Jos jautėsi taip, tarsi vėl būtų dešimties metų. Ji atliko šuoliuką. Kaip smagu!

„O dabar, - pasakė Rozalija, - kitas jos triukas. Didžioji senelė pabandys ne vieną, ne du, o tris iš eilės karučius." - Ir ji tai padarė. „Ačiū, ačiū!" - pasakė ji, nusilenkė ir mojavo, tarsi būtų laimėjusi aukso medalį olimpinėse žaidynėse.

BRRRIIIING.

Baigėsi laikmatis. Atvyko Erielis ir Rafaelis.

Archangelai buvo apsirengę kitaip. Tarsi būtų ėję į du skirtingus vakarėlius.

Erielis vilkėjo tamsų, kaišytomis juostelėmis margintą kostiumą, baltus marškinius ir kaklaraištį.

Rafaelis vilkėjo raudoną, į Mumu panašią suknelę, kuri visiškai dengė jos kūną nuo kaklo iki kojų pirštų galiukų.

„Jaučiuosi nepakankamai apsirengusi, - pasakė Rozalija.

BINGO.

Dabar ji vilkėjo prašmatniausią savo suknelę. Tai buvo ta, kurią ji buvo nurodžiusi, kad norėtų dėvėti po mirties.

Ji krito į kėdę, įsmeigusi akis į viršų. Arkangelas plaukė link jos. Jų sparnai judėjo, tarsi drugelio sparnai, jie artėjo prie jos su grakštumu ir grožiu. Jos akys suspindo.

„Kuo galiu jums padėti, brangieji?" Rozalija paklausė.

Atrodė, kad dabar jie turi jai galios, galios, kurios ji nenorėjo įveikti. Ji krito ant grindų, dabar klūpėdama priešais abu arkangelius. Rafaelis palietė jai dešinį petį, o Erielis - kairįjį.

„Pasakyk, ką mums reikia žinoti, - tarstelėjo jie.

„Kiti išsisklaidė", - tarė ji ir krito ant grindų kaip lėlė be stygų.

„Ji tam per sena", - pasakė Eriel. „Jei ji mirs, ji mums bus nenaudinga".

„Tęskite, tai veikia."

POP.

POP.

Pasirodė Hadzė ir Reikis, kiekvienas šnabždėjo Rozalijai į ausis. Jie padėjo jai atsistoti ant kojų.

„Eikite iš čia, jūs, du įsibrovėliai!" Erielis sušuko sprogstančiu balsu,

Rozalija ištrūko iš transo, į kurį jie ją buvo įtraukę.

„Pasitraukite!" Rafaelis sušuko, ir nebuvo jokio POP, vietoj to pasigirdo vienintelis garsas

ŠNIOKŠTIMAS.

Rozalija užsidėjo rankas ant klubų: - Tikiuosi, kad nesužeidėte tų dviejų mielųjų. Tiesą sakant, jei nori, kad apsvarstyčiau galimybę tau padėti, turėtum DABAR atnešti juos čia, kad galėčiau įsitikinti, jog jiems viskas gerai. Atsisakau tau daugiau nieko nesakyti, kol jų neatvesi". Ji perėjo kambarį, atsisėdo nugara į baltą sieną, užmerkė akis ir laukė. Ji turėjo visą dieną, visą savaitę, visus metus. Ji niekur neskubėjo būti ar ką nors daryti.

POP.

POP.

„Ačiū, - tarė Hadžis ir Reikis, sėdėdami Rozalijai ant pečių.

„Mes tai sugadiname", - pasakė Rafaelis. Tada kreipėsi į Hadžą ir Reikį: „Jūs žinote, kokioje padėtyje yra Žemė, ar galite mums padėti pasiekti šio žmogaus pagalbą?"

Reiki atsakė: „Mes žinome, kad yra tokia padėtis! Jei nebūtumėte išsižadėję susitarimo su E-Z, Lia ir Alfredu, jie jau būtų buvę laive. Rozalija nepasitiki nė vienu iš jūsų".

Hadžis tarė: „Ir jūs nebuvote su ja sąžiningi".

Hadzė pasakė: „Žmonėms pasitikėjimas ir sąžiningumas yra viskas".

Erielis puolė prie jų.

Rafaelis jį sulaikė, kol ji pasakė: „Iš mūsų pusės buvo padaryta klaida, o ši klaida turi priežastį ir pasekmę. Mes bandome išgelbėti Žemę nuo šalutinės žalos. Vienintelis būdas, kaip galime tai padaryti, yra kreiptis į tuos, kuriems suteiktos galios, antgamtinės, superherojų galios. Be jų žmonija žlugs - ir tai bus mūsų kaltė".

Rozalija atsistojo. Ji pažvelgė į dvi mažas būtybes, kurios sėdėjo jai ant pečių. „Ar galiu šiais dviem pasitikėti?"

„Rafaeliu galima pasitikėti, - pasakė Hadzė.

„Bet mes nesame tikri dėl jo, - pasakė Reikia.

POP.

POP.

Abu dingo, bijodami, kad Erielis juos išsiųs atgal į kasyklas.

Erielis kilo vis aukščiau ir aukščiau, paskui išnyko pro lubas.

Rozalija pakeitė temą. „Kol aš apie tai pagalvosiu, gal galėtum paaiškinti, kas tai per vieta? Aš ją vadinu Baltuoju kambariu, bet ar tai teisingas pavadinimas - ir kodėl, kai tik ko nors užsimanau, tai atsiranda? Galbūt jis vadinasi Magiškasis kambarys?" Tą akimirką Rozalija pagalvojo apie E-Z, angelą / berniuką vežimėlyje.

ACK.

E-Z atvyko.

„Oho!" - pasakė jis, supratęs, kad prisijungė prie Rozalijos Baltajame kambaryje. Jis pagalvojo apie savo akinius nuo saulės ir

PRESTO

Jie buvo ant jo veido. Jis vaikštinėjo po kambarį, dar kartą pajusdamas kojas ir grindis. Tada jis ištiesė ranką ir tarė: „Tu turbūt esi Rozalija".

O tu turi būti E. Z., - pasakė ji, - be savo vežimėlio. Ši vieta tikrai stebuklinga!"

„Ir, labas, Rafaeli".

„Sveikas atvykęs, E-Z", - tarė Rafaelis. Tada Rozalijai: „Tiek daug apie diskretiškumą - tai turėjo būti konfidencialu".

„Kad ir kokius pažadus ji tau duoda, ji juos sulaužys. Jai nenaudinga laikytis žodžio - o Erielis dar blogiau, kaip ir Ophanielis, - ir tu dar net nesi jos sutikęs. Vis dėlto, leisdama tau žinoti, kad jie visi yra melagiai".

„Aš tai supratau, - prisipažino Rozalija. „Ir jis išvyko, o Eriel elgiasi kaip išlepintas vaikas".

„Būčiau norėjusi tai pamatyti", - pasakė E - Z. „Skamba labai neeiliškai, bet, žmogau, būtų buvę nuostabu tai pamatyti."

„Užteks tų širdgėlų", - pasakė Rafaelis. „Manau, kad neturiu kito pasirinkimo, kaip tik paaiškinti situaciją ir jums". Ji patapšnojo kojomis, o jos sparnai dusliai nusileido ant šonų. Ji atsisuko į E Z ir Rozaliją. „Pasaulį reikia gelbėti dėl mūsų klaidos. Ar jūs ir kiti norite mums padėti ištaisyti padėtį - turiu omenyje išgelbėti Žemę, ar ne?"

Rozalija ir E-Z apsikeitė žvilgsniais.

„Jūs eikite pirmyn", - tarė ji. „Aš pritariu bet kokiam jūsų sprendimui".

E-Z atsakė ne iš karto.

„Jei viską man papasakosi, aš perduosiu tai kitiems, ir mes balsuosime. Esame demokratiška grupė."

„Kiek laiko tai užtruks?" Rafaelis nusišypsojo. „Ir kaip tu man grįši? Gal man laikyti Rozaliją čia kaip kalinę, kol tu tai išsiaiškinsi? Ar užteks dvidešimt keturių valandų?"

Rozalija atsakė: „Aš neprieštarauju likti šiame kambaryje. Čia yra daugybė knygų, kurias galiu skaityti, ir galiu užsisakyti ką tik noriu. Daug įdomiau ir įdomiau nei būti namuose".

E-Z prikando galvą. Rozalijai jis tarė: „Ačiū, ir tu teisi, šis kambarys gana ypatingas. Čia būsi saugi." Tada Rafaeliui: „Rozalija nebus tavo kalinė, tiesą sakant, ji bus tavo viešnia". Nuo lentynos nulėkė knyga ir nusileido jam į rankas. Tai buvo „Haris Poteris ir paslapčių kambarys".

„Norėčiau ją perskaityti, - tarė Rozalija. Knyga paliko E-Z ranką ir nuskrido Rozalijos link. Ji ją pagavo, atsivertė ir iškart pradėjo skaityti.

„Rozalija bus mūsų viešnia, - pasakė Rafaelis. „Taigi, dvidešimt keturios valandos?"

„Dvidešimt keturias valandas", - sutiko E-Z.

„Palaukite!" - sušuko balsas. Balsas be kūno. Balsas, kuris aidėjo ir aidėjo. Tol, kol nuo lentynos viršuje pasipylė knyga. Ji krito link grindų, kol jos sparnai išsiveržė į priekį ir išgelbėjo ją nuo nugaros lūžio.

Rafaelis atrodė išsigandęs balso. Ji bandė atsitraukti, bet kažkas ją sulaikė.

Rozalija ir E-Z laukė ir klausėsi.

„Rafaelis jums ne viską papasakojo, - tarė griausmingas balsas.

Atrodė, lyg oras virpėtų nuo kiekvieno skiemens, bet geru, maloniu ir švelniu, o ne bauginančiu pasaulio pabaigos būdu.

„Papasakok mums, - tarė E-Z.

„Šiek tiek tyliau, - pasiūlė Rozalija. „Aš sena, bet ne kurčia, žinote!"

„Atsiprašau", - tarė balsas. Jis išsivalė gerklę. Tada sušnabždėjo: „E-Z Dikensai, ar atsimeni, kokius pasirinkimus tau davėme? Du pasirinkimus?"

E-Z juos prisiminė pakankamai gerai. Vienas iš jų buvo amžinai likti bunkeryje. Prisiminimai apie jo šeimą įjungti į kilpą. Kitas - grįžti į gyvenimą su dėde Semu.

„Taip."

„Pasakyk, ką prisimeni apie pasirinkimus?" - paklausė balsas.

„Jie sakė, kad galiu likti konteineryje ir iš naujo išgyventi šeimos prisiminimus kilpoje arba grįžti į savo gyvenimą su dėde Semu."

„O sielų gaudytojas? Ką apie jį?"

„Nieko", - gūžtelėjo pečiais E-Z.

Balsas sumurmėjo - tarsi kalbėjimas dabar jam sukeltų skausmą. Lentynos drebėjo, o daiktai atsitiktinai įskriejo ir išskriejo ore. Pirmiausia pasirodė milžiniškas agurkas. Žalias daiktas sukosi pagal laikrodžio rodyklę, paskui prieš laikrodžio rodyklę, paskui dingo.

Paskui virš jų pasirodė veidrodinis rutulys. Sukdamasis jis keitė spalvas. Kai jis sukosi pernelyg greitai, jie išsigando, kad jis nukris ant jų. Jie ėmė slėptis, bet jiems nespėjus pasislėpti, kamuolys dingo.

Paskui pasirodė klouno galva. Ji plūduriavo priešais juos ir tarė: „Kas juoda ir balta, kas juoda ir balta, kas juoda ir balta, kas juoda ir balta, kas juoda ir balta, kas juoda ir balta".

„Užteks!" - nugriaudėjo balsas.

„Atsiprašau", - tarė Rafaelis.

„Turėtum!" - sukruto pirmasis balsas. Paskui tyliau, švelniau, minkščiau tarė: „E-Z ir jo komanda turi žinoti apie Sielų gaudytojus - viską. Kitaip jie nesupras pažeidimo sudėtingumo".

Balsas padarė kelių sekundžių pauzę, paskui tęsė: „Sielų gaudytojas gaudo sielas, kai žmogaus kūnas miršta. Tai nesibaigianti poilsio vieta. Visi žmonės ir visos būtybės turi indus, į kuriuos gali keliauti. Tai, ką jūs vadinote bunkeriu, yra sielų gaudyklė. Tai poilsio vieta visai amžinybei".

„Gerai, - tarė E-Z. „Taigi, kaip tai susiję su pasaulio pabaiga?"

„Noriu pamatyti savo sielų gaudyklę", - pasakė Rozalija.

„Jei tu ir tavo draugai NIEKO nedarysite, niekas neturės Sielų gaudyklės. Kai tavo kūnas mirs, tu mirsi. Štai ir viskas. Pabaiga. Tavo siela ir visų kitų sielos neturės kur dingti, o kai siela neturi kur dingti, tada nėra tikslo. Nebėra priežasties jai egzistuoti. O be sielų žmonės yra tik mėsos kostiumai".

„Palaukite, - tarė E-Z. „Nori pasakyti, kad asmuo, kuris yra atsakingas už Sielų gaudytojus. Kad ir kaip juos vadintum - generalinis direktorius, prezidentas, suprasi esmę. Ar norite pasakyti, kad jie buvo sukompromituoti?"

Rafaelis pravėrė burną, norėdamas atsakyti, bet E-Z dar nebaigė kalbėti.

„Kaip apskritai veikia visas šis Sielų gaudytojų reikalas? Aš kelis kartus buvau iškviestas į savąjį, ir net nesu MIRĘS. Nori pasakyti, kad šie, kad ir kas jie būtų, dabar gali priversti mane patekti į mano Sielų gaudyklę pagal užgaidą?" Jis suabejojo: „O ką tu žinai apie Čarlzą Dikensą? Jis atkeliavo veidrodiniame konteineryje, taigi ne Sielų gaudyklėje. Kaip jo siela pateko iš vienos vietos į kitą? Ar jo prisikėlimas priklauso nuo jūsų, archangelai?"

Rafaelis laukė, ar jis turės daugiau klausimų.

Jis turėjo.

„O kaip dėl mano dviejų geriausių draugų PJ ir Ardeno. Kaip jie čia tinka? Jie abu yra komoje. Noriu juos sugrąžinti. Ar pagalba tau padės jiems?"

Balsas sienoje sugriaudėjo atsakydamas.

„Niekas nevadovauja sielų gaudytojams. Tai ne pelno siekianti įmonė. Kai kas nors miršta, jo siela sugaunama ir gyvena paskirtame Sielų gaudytojui".

„Aš to nesuprantu, - tarė E-Z. Paskui: „Palauk, ar kas nors ar kas nors pasisavino Sielų gaudytojus? Ir jei atsakymas yra teigiamas, tuomet man tikrai reikės daugiau informacijos apie tai, kas jie tokie, prieš mums įsitraukiant. Jei jūs, archangelai, negalite jų nugalėti, tai kaip tikitės, kad mes tai padarysime?"

Balsas sienoje tarė Rafaeliui: „Ką gi, Erielis klydo sakydamas, kad šis berniukas storas kaip plyta. Jis tai gavo, vienu ypu. Puikiai padirbėjai, E-Z."

„Ech, ačiū, manau, - pasakė jis. „Bet ką konkrečiai aš teisingai supratau?"

Balsas tęsė. „Trys deivės iš tiesų iškeliavo į sielų gaudytojus".

E-Z pravėrė burną norėdamas prabilti, bet jam nespėjus to padaryti, balsas vėl prabilo.

„Čarlzas Dikensas neatvyko sielų gaudyklėje, kaip jūs įtarėte. Kraujo giminaičiai turi galių valdyti laiką ir erdvę. Jūs jį iškvietėte. Jis atvyko jums padėti."

„Aš jo neiškviečiau!" E-Z atšovė.

„Ir vis dėlto jis grįžo, žinojo tavo vardą ir norėjo tau padėti, ar tiesa?"

E-Z linktelėjo galva.

„Ir į paskutinį tavo klausimą: taip, tavo draugų gyvybėms gresia pavojus dėl trijų deivių".

„Deivės?" E-Z pakartojo. „Kaip graikų mitologijoje? Ar jos tikros? Aš maniau, kad visos tos istorijos yra išgalvotos."

„Jos paremtos istoriniais faktais, - pasakė Rafaelis.

„Negalime stoti prieš mitologinių deivių komandą!" E-Z sušuko. „Mes juk vaikai."

„Rizika daug didesnė, jei to nedarysite, nes mes neturime ko paprašyti, kad mums padėtų. Nėra nei Betmeno, nei Žmogaus-voro, nei tikrų superherojų. Vieninteliai didvyriai esate jūs, vaikai, ar galite? Ar padėsite? Mes žinome, kaip, norint išspręsti šią problemą, mums reikia kūnų, žmonių ant žemės. Žmonės, turintys galių, gali laimėti. Jūs galite tai įveikti, dalykas. Šiuos dalykus. Viena vertus, jūs galite juos matyti. Mes negalime, - pasakė Rafaelis.

„Žinau, kad jums reikia pagalbos, bet nematau, kaip galėtume išgelbėti dieną - ne prieš galingas deives. Taip, mes turime galių, bet prieš ką konkrečiai mes kovojame? Ko iš mūsų bus tikimasi? Kokie pavojai mums gresia? Turiu omenyje, jūs jau esate mirę - mes ne. Jei padėsime - kuo rizikuojame?"

Jis suabejojo, o kai niekas nieko neatsakė, tęsė.

„Jei sutiksime, ar galite apsaugoti mano dėdę Semą, jo žmoną Samantą ir kūdikius? Ar galite užtikrinti, kad PJ ir Ardenas neatsidurs negyvi Sielų gaudytojai? Ir kas iš to, mums? Juk rizikuotume savo gyvybe. Tu nesi žmogus, todėl neturi ko prarasti!"

Rozalija įsiterpė: „E-Z nematau, kad turėtumėte pasirinkimą. Tu teisus, bus rizikos, o aš dar nemiriau - bet esu senas, - todėl rizika man nėra tokia didelė. Be to, man patinka mintis, kad kai mano gyvenimas baigsis, manęs lauks sielų gaudytojas".

E-Z prikando galvą. „Aš tai suprantu. Mintis, kad mano tėvai plaukioja aplinkui. Vieni. Be namų. Be sielų gaudytojų. Na, man nuo to darosi bloga. Man taip pikta, kad norisi spjaudytis. Bet man vis tiek reikia pasikalbėti su kitais, - pakartojo E-Z, sukryžiavęs kojas. Buvo toks geras jausmas, kad gali daryti tokius paprastus dalykus kaip kojų sukryžiavimas.

Iš tavęs darosi visai neblogas kalbų sakytojas, Lija tarė jam mintyse.

„Ech, ačiū, - atsakė jis.

„Kaip ir tada, - tarė balsas. „Dvidešimt keturios valandos. Per tą laiką Rozalija liks čia su mumis".

„Kaip jūsų svečias", - pabrėžė E-Z.

„Man viskas bus gerai, - pasakė Rozalija. „Ir palaikysiu ryšį bendraudama su Lija. Mes su Lija mėgstame bendrauti."

Jis linktelėjo galva. Su Lija, per Liją. E-Z nebuvo tikras, ką jie žino, o ko ne, - bet neketino duoti jiems nieko, ko jie ir taip neturėjo.

„Iki pasimatymo", - pasakė jis ir pamojavo atsisveikindamas.

Paskui vėl grįžo į savo vežimėlį. Jis stovėjo akis į akį su savo draugais. Bet kaip jis galėjo jiems pasakyti? Kaip jis galėtų paaiškinti?

Galiausiai jis nusprendė, kad geriausia būtų viską išrėžti. Būtent taip jis ir padarė.

SKYRIUS 23
PAKEITIMAI

NorsE-Z naujienos nebuvo tokios, kokias jie tikėjosi išgirsti, Alfredas ir Lija turėjo ką atsakyti.

„Jie turi įžūlumo!" Alfredas sušuko. „Po to, ką jie mums padarė. Turiu galvoje pažadus, o paskui jų atsisakė ir pakeitė žaidimo planą. Aš, pavyzdžiui, nepasitikiu nė vienu iš jų, kiek galiu juos mesti."

„Tai labai svarbu, ir tai susiję su mūsų mirusiais artimaisiais, - pasakė E-Z.

„Kaip tai?" Samas paklausė.

„Aš nežinau konkrečių detalių. Žinau tik tiek, kad tai susiję su trimis piktomis deivėmis, kurių planas - pasisavinti ir kontroliuoti visus Sielų gaudytojus."

„Tai beprotybė!" Lija ištarė. „Kam joms jų reikėtų? Kam reikėjo tiek vargo? Kas jiems iš to?"

„Palaukite, - pasakė E-Z. „Aš tau papasakosiu viską, ką jie man pasakojo. Turėkite omenyje, kad jie taip pat nežino tiksliai.

„Bet kokiu atveju, štai taip. Jos yra mitologinės deivės, kurios buvo atgaivintos. Jų tikslas - kontroliuoti Sielų gaudytojus - bet kokiomis įmanomomis priemonėmis.

„Ir būdas, kurį jos pasirinko, yra žudyti žmones. Žmones, kurie neturėjo mirti! Tada jie juos įdeda į užgrobtus Sielų gaudytojus. Iš žmonių, kuriems jų reikia. Taigi jų sielos neturi kur dingti.“

„Aš vis dar nesuprantu, - tarė Lija.

„Pagalvok apie tai taip. Lia, tu, Alfredas ir aš jau buvome savo Sielų gaudyklėse. Tik nedaugelis ten patenka, kol nėra mirę. Turiu omenyje, kas norėtų ten būti?“

„Sutinku, - tarė Alfredas.

„Taip pat“, - tarė Lia.

„Bet kas, jei dabar pasakyčiau, kad tavo Sielos gaudyklę užpildė kas nors kitas - taigi ji nebėra tavo?“

„Žmonės net nežino apie Sielų gaudykles!“ Alfredas sušuko. „Dauguma mano, kad jų sielos keliauja į dangų (o jei blogai - į karštą vietą.) Jei žinotų, jie dėl to sunerimtų. Bet jie to nežino.“

„Taip, negalima praleisti to, apie ką nieko nežinai, - pasakė Samas. „Taip pat negali kovoti už tai, apie ką nežinai“.

„Jie man sakė, kad mano tėvų sielos dabar gali plaukioti aplinkui, būti benamiai. Tai mane labai sukrėtė.“

„Būtent todėl jie tau ir pasakė!“ Samas pasakė. „Tai akivaizdi manipuliacija.“

„Ne, tai emocinis šantažas, - pasakė Alfredas. „Bet aš suprantu, kodėl jie taip pasakė. Jei jie man tą patį būtų pasakę apie mano šeimą, būčiau norėjęs įsitraukti. Norėčiau kovoti su šiomis deivėmis. Jei būčiau karštakošis, iš karto imčiausi veiksmų, remdamasis savo emocijomis. Bet čia reikia elgtis logiškai. Turime išlaikyti blaivų protą".

„Kas apskritai yra tos deivės? Ką mes apie jas žinome?" Lija paklausė.

„Ir ar esame tikri, kad archangelai yra teisingoje pusėje?" Samas pasiteiravo.

„Jie sakė, kad dėl jų klaidos tai net įvyko, - bet tiksliai nepasakė, kaip tai atsitiko ir kodėl. Ir jie nebuvo nusiteikę, kad juos spausčiau suteikti informacijos - daugiau, nei man jau pavyko iš jų išgauti. Be to, jie turi Rozaliją, o mūsų laikas sprendimui priimti baigiasi".

„Būtent, - pasakė Lija. „Ir vis dėlto, kaip galime nuspręsti, kai net nežinome, su kuo susiduriame? Jie žino, kad esame vaikai. Taip, kiekvienas iš mūsų turime unikalių galių - bet ar jų pakanka? Jei archangelai patys nesugeba suvaldyti šios situacijos... kodėl jie žino, kad mes sugebėsime?"

„To negaliu pasakyti. Aš vis dėlto spaudžiau juos, kad papasakotų man daugiau. Jei ne balsas sienoje - jie nebūtų man pasakę tiek, kiek sužinojau."

„Kaip jie drįsta slėpti nuo mūsų informaciją!" sušuko Alfredas.

„Aš paaiškinau, ką žinau. Jų yra trys. Jos yra deivės - mitologinės būtybės, kurios, mano manymu, nebuvo tikros".

„Viską, ką turime žinoti, kad galėtume apsiginkluoti nuo jų, galime sužinoti internete, - pasakė Samas. „Bet tai užtruks." Jis suabejojo. „Tačiau nemanau, kad mums labai pasiseks ieškant informacijos apie Sielų gaudytojus."

„Jau bandžiau ir nieko neradau."

„Kada pirmą kartą apie juos išgirdote?" Samas pasiteiravo.

„Balsas sienoje užsiminė, kad man apie juos buvo pasakota anksčiau, bet kaskart, kai bandau prisiminti, informaciją tarsi užstoja siena."

„Oho! Man nutinka lygiai tas pats, - pasakė Lija. „Tai taip keista."

E-Z pažvelgė į laiką telefone. „Ką gi, daviau jums visiems daug ką apmąstyti. Turime laiko iki ryto, kad priimtume tvirtą sprendimą... bet nemanau, kad turime kito pasirinkimo, kaip tik sutikti jiems padėti. Juk jei ne mes, tai kas tada?"

„Aš galvojau apie tą patį, - pasakė Alfredas. „Bet man vis tiek nepatinka tai, kaip jie pasielgė".

„Man taip pat", - tarė Lija. „Einu miegoti. Visiems labos nakties. Iki pasimatymo ryte." Ji uždarė už savęs duris.

„Ko nors reikia?" Samas paklausė.

„Ne, man viskas gerai. Laba naktis, dėde Samai."

„Laba naktis, E. Z. Turiu tau pasakyti, kaip tavimi didžiuojuosi ir kaip didžiuotųsi tavo tėvai".

„Ačiū."

„Ir labos nakties, Alfredai", - pasakė Samas atidarydamas duris.

„Labos nakties", - tarė Alfredas, tada įsitaisė galvą po sparneliu ir užmigo.

E-Z, negalėdamas užmigti, žiūrėjo į lubas susiėmęs rankomis už galvos. Padarė kelis atsisėdimus, tada apsivertė ant šono tikėdamasis užsnūsti. Vietoj to jis pastebėjo dvi šviesas, vieną žalią, kitą geltoną, plaukiančias link jo.

„Ar atsibudai?" Hadžas paklausė.

„Ne", - šyptelėjęs atsakė E-Z ir atsisėdo.

„Mes neturėtume su tavimi kalbėti, - pasakė Reiki, - bet turime su tavimi kalbėti, todėl turi atspėti, ko neturėtume tau sakyti".

„Atspėti? Rimtai? Ar galite man duoti užuominą... žinote, bent šiek tiek susiaurinti lauką?"

Norintys būti angelai šnibždėjosi vienas kitam. Atrodė, kad jie nesutaria, nes Hadžis nuskrido į vieną kambario pusę, o Rikis - į kitą.

„K, aš einu miegoti. Kai sugalvosi, ryte galėsi man papasakoti".

Jis užsnūdo, paskui pabudo. Jis sėdėjo savo kėdėje ir skraidė po dangų. Jis užsisegė saugos diržą. „Ką?"

„Nusprendėme, nes negalėjome susiaurinti tau skirto lauko. Arba pasakyti jums tai, ką jums reikia žinoti. Kad galėtumėte priimti pagrįstą sprendimą...

Kad vietoj to parodysime JUMS. Taigi, sekite paskui mus."

Kai debesys praslinko pro šalį ir švarus, bet vėsus nakties oras pripildė jo plaučius, E-Z pasijuto gyvesnis nei seniai. Tam tikra prasme jam trūko to, kad buvo kviečiamas į išbandymus padėti ir gelbėti į bėdą patekusius žmones.

Nuo tada, kai nustojo dirbti su Ereliu, jis nelabai jautėsi esąs superherojus. Tiesa, jis buvo išgelbėjęs medyje įstrigusią katę. Ir jis neleido beisbolo kamuoliukui sudaužyti vertingo bažnyčios vitražo lango.

Tačiau didžiąją savo kasdienybės dalį jis galvojo apie ateitį. Planavo baigti vidurinę mokyklą taip, kad galėtų gauti stipendiją. Į geriausią koledžą ar universitetą, kokį tik galėjo gauti.

Dėdė Samas ir Samanta planavo naują kūdikį. Jie laikė paslaptyje, ar kūdikis bus berniukas, ar mergaitė, ir niekas nebuvo įleidžiamas į naująjį kūdikio kambarį. E-Zui atrodė keista būti penkiolikmečiu ir netrukus tapti dėde, bet jis to labai laukė.

O Lia, jai gerai sekėsi mokykloje, ji pritapo, nors per palyginti trumpą laiką nuo septynerių iki dvylikos metų perkopė dviem šuoliais. Atrodė, kad viskas, kas ją senstelėjo, sustojo, ir dabar atrodė, kad ji įsimylėjusi PJ. Ji tikrai augo, ir jis nusišypsojo pagalvojęs, kokia valdinga ji tapo. Tai jam priminė Mažąją Dorrit Vienaragę. Jos nematė nuo bandymų laikų. Galbūt archangelai ją atsiuntė padėti Lijai, kai jie visi buvo susiję. Tada atvyko jo pusbrolis Čarlzas Dikensas. O PJ ir Ardenas buvo įstrigę komoje - ir niekas nežinojo, kaip juos iš jos ištraukti. Alfredas nuolat buvo užimtas, aplink namus. Nuo tada, kai jis atvyko, dėdei Samui nereikėjo taip dažnai pjauti žolės.

Jis vėl prisiminė du teismo procesus, kuriuose rado panašumų. Tą, kuriame mergina buvo apsirengusi kaip kelių žaidimų veikėja. Kitą su berniuku, kuriam buvo liepta nužudyti E-Z, kad išgelbėtų savo šeimos gyvybę. Jie buvo susiję. Erielis buvo teisus. Jam tereikėjo tiksliai išsiaiškinti, ką tai reiškia.

„Ar mes jau beveik ten?" - paklausė jis, pastebėjęs, kad darosi šalta. Jie judėjo greitai, artėdami prie Mirties slėnio nacionalinio parko Mohavės dykumoje. Buvo gruodis, vienas šalčiausių metų mėnesių dykumoje naktimis, ir jis norėjo, kad būtų pasiėmęs gobtuvą. Buvo taip tamsu, kad žvaigždės atrodė milijoną kartų ryškesnės. Tarsi akys danguje, tarp kurių buvo vos piršto tarpas, ar bent jau taip atrodė.

Mokymo angelai neatsiliepė. Jie nusileido per kelias pėdas, paskui toliau visu greičiu skrido į priekį.

„Puiku!" - tarė jis. „Praneškite man, kada nusileisime. Tikrai norėčiau, kad turėčiau kelionių agentą, kuris man papasakotų, ką tai matau".

„Naudokitės telefonu", - sušnabždėjo Lija ir Alfredas. Paskui jie nutilo.

Toliau jie skrido virš Badvoterio baseino, žemiausio Šiaurės Amerikos taško. Jis taip pavadintas, nes vanduo jame blogas - taigi negeriamas dėl druskų pertekliaus. Tačiau čia gali vešėti kai kurie laukiniai gyvūnai ir augalai, pavyzdžiui, agurklės, vabzdžiai ir sraigės.

Giliau jie leidosi į Mirties slėnį, o E-Z apžiūrinėjo vietovę ir stengėsi negalvoti apie tai, kaip jį kankina troškulys.

„Ar mes jau ten?" - vėl paklausė jis, kai virš jo galvos praskrido juodas paukštis, numetęs krūvą išmatų, o paskui tęsė savo kelią. „Sveiki atvykę į Mirties slėnį", - tarė jis ir nušluostė ją rankove. Jis nuskubėjo pasivyti Hadžą ir Reikį.

SKYRIUS 24

MIRTIES SLĖNIS, JAV

„**Paskubėkite**!" Hadzė ir Reiki pasakė. „Mes jau beveik pasiekėme Rijolitą."

Jis stūmėsi į priekį, pasivydamas juos. „O kas tiksliai yra Rijolite?"

„Šiek tiek informacijos, - pasakė Hadzė. „Nebent jau esate apie jį girdėję?"

E-Z papurtė galvą. Apie Didįjį kanjoną jis mokėsi mokykloje, daugiausia apie tai, kaip jis susiformavo.

Hadzė tęsė: - Rijolitas kadaise buvo klestintis miestelis, kai 1904 m. prasidėjo aukso karštinė. Tačiau tai truko neilgai, 1924 m. mirė paskutinis jo gyventojas, ir jis virto miestu vaiduokliu".

„Ką reiškia žodis Rhyolite?"

Tai rūgšti vulkaninė uoliena - granito lavos pavidalo uoliena. Ją 1860 m. pavadino geologas Ferdinandas fon Richthofenas. Jo kilmė graikiška, nuo žodžio rhyax, kuris reiškia lavos srovę".

„Vadinasi, miestas išgyveno didelę aukso karštinę ir jį pavadino vulkaninės uolienos vardu?" Jis suabejojo. „Manau, kad prisimenu kažką iš pamokų apie ugnikalnių veiklą."

„Teisingai, - pasakė Hadžas. „datuojamas prieš du milijonus metų".

„Taigi, ši pamoka įdomi ir visa kita, bet aš vis dar nežinau, kodėl važiuojame į Rijolitą."

„Nes ten yra renegatų būstinė", - sumurmėjo Reikis.

„Tų, kurie kovoja dėl Sielų gaudytojų kontrolės."

„Kas jie tiksliai yra ir kaip galime juos sustabdyti? Sakydamas mes - turiu omenyje mus, Tris. Nes Erielis ir Rafaelis laiko Rozaliją ir, beje, laikas bėga. Jie davė mums tik dvidešimt keturias valandas, kad grįžtume pas juos".

„Jie turi nepaprastą klausą, ir vėjas gali šnabždesiais pernešti mūsų balsus atgal pas juos. Nuo šiol kalbėsime tik mintimis".

E-Z, naudodamasis protu, paklausė: „Kas nutiks, jei jie sužinos, kad esame čia? Turiu omenyje, ar jie negalės mūsų pamatyti?"

„Mes su Hadzu nesame žmonės, todėl esame už jų radarų ribų. Tačiau jūs - ne, todėl mes jus apsaugojome."

„Puiku! Mane supa nematomas apsauginis skydas - man pravartu žinoti tokią informaciją."

Tolumoje jis matė Juoduosius kalnus. „Galiu lažintis, kad kai saulė kaitina tuos kalnus, ant jų galima iškepti kiaušinį.“ Jis suabejojo: - O kaip dėl to paukščio, kuris mane apdergė? Ar galėjo piktadariai jį pasiųsti mūsų ieškoti?“

Hadzė ir Reikis papurtė galvas. „Mes matėme paukštį. Tai buvo varnėnas - žinomas kaip pranešimų iš dangaus nešėjas.“

„Gerai, teisinga. Nemaniau, kad jis panašus į varną. Papasakok man, kas tai yra, kas pakėlė sielų gaudytojus, ir ką turėsime padaryti, kad juos įveiktume.“ Jis suabejojo: „Ir kaip tai susiję su Čarlzo Dikenso persikūnijimu į jauną berniuką.“ Jis vėl suabejojo. „Be to, ar Lija gaus transportą? Ar vienaragis Mažoji Dorrit sugrįš, jei / kai sutiksime jums padėti?“ Tai buvo daug kalbų. Jis troško gerti ir norėjo, kad būtų pasiėmęs butelį vandens.

POP.

Vienas pasirodė. Jis išgėrė jį atgal, niekam nesakęs „Ačiū“.

Rikis paklausė: „Ar esi kada nors girdėjęs apie Eriniją?“.

E-Z papurtė galvą.

„Taip pat žinomos kaip Furijos“, - pasakė Hadžas.

„Neturiu supratimo, kas jos abi yra... bet miglotai prisimenu kažką iš žaidimo, gal?“

„Jos bendrai žinomos kaip keršto deivės“.

„Papasakok man daugiau. Kam jos keršija?“

„Ogi visai žmonių rasei!“ Hadzė susiraukė.

„Mes su draugais anksčiau apie tai kalbėjomės. Dauguma žmonių nežino apie Sielų gaudytojus. Dauguma mano, kad mes turime sielas. Sielos, kurios keliauja į dangų arba pragarą - priklausomai nuo to, kokius pasirinkimus darome savo gyvenime."

„Taip, mes tai žinome, - pasakė Hadžas.

„Tada papasakokite man, - paprašė E-Z. „Kur čia yra dievas? Dievas arba Jėzus, Alachas, Buda... kad ir kaip jį vadintumėte. Kur jis yra?"

Hadzė ir Reikis žvelgė į priekį neatsakydami.

„Gerai, suprantu, kad negalite atsakyti į šį klausimą. Vietoj to atsakykite man į šį. Kodėl deivės baudžia žmones naudodamos kažką, ko jie net nežino? Suprantu, kad jos yra piktos, bet vis dėlto tai skamba juokingai".

„Vaikai, - tarė Hadžas.

„Jos baudžia nenubaustuosius. Bet..."

„Aha, laukiau bet... Tęskite."

„Furijos piktnaudžiauja savo galiomis. Peržengia ribas. Jos taikosi į nekaltus žmones. Nekaltus vaikus, kurie žaidžia žaidimą".

„Palaukite, norite pasakyti, kad vaikai, žaidžiantys žaidimus, yra baudžiami už tai, ką daro žaidime? Bet juk žaidimas nėra tikras! Kaip jie gali būti baudžiami realiame gyvenime už tai, kas nėra tikra?"

„Aš tai žinau, ir tu tai žinai, bet Furijai tai tas pats. Jei žaidime, norėdamas ką nors nužudyti, išgyveni tą patį minčių procesą, kaip ir žudikas. Jis apima planavimą, ketinimus nužudyti, o paskui tai įvykdyti. Kai kuriais atvejais tai būna masinės žmogžudystės. Ir taip, jie nekalti, ir jų prašoma padaryti tuos dalykus, kad jie patektų toliau žaidime. Furijoms vaikai yra nenubausti ir jie yra sąžiningas žaidimas, kai jie yra žaidime".

„Palaukite minutėlę!" E-Z sušuko. „Ką konkrečiai tu čia sakai? Manau, kad suprantu esmę, kaip Sielų gaudytojai čia tinka, bet mintis tokia bloga... nenoriu net pagalvoti, o ką jau kalbėti apie tai."

„Furijos keršija žaidimų žaidėjams. Tiems, kurie nusidėjo savo širdyse, - pasakė Reikia. „Jiems nelemta mirti! Jų sielų gaudytojai nepasirengę priimti jų sielų, todėl..."

„Jie neturi kur eiti, - pasakė Hadžas.

„Ir Furijos jas telkia čia, kurdamos savo Sielų gentį. Vaikų sielas jos saugo pavogtuose Sielų gaudyklėse".

„Dėl to kyla chaosas, - pasakė Hadžas.

„Taigi, jūs, vaikai, turite padėti".

„Palaukite!" E-Z pasakė. „Palaukite, po velnių, minutėlę!"

SKYRIUS 25
KETURIOS AKYS

„**O,**o, o, - sušuko Hadžis, nes tamsus debesis sparčiai slinko per dangų jų link.

„Jie negalėjo prasiskverbti pro apsauginį skydą!" Reikia sušuko.

E-Z žvilgtelėjo per petį. Tai, ką jis pamatė, buvo juodas kažkas, kas nebuvo debesis. Mat tai buvo panašu į gyvatę. Su šakotu liežuviu, laižančiu orą. Vietoj dviejų akių jis turėjo daugybę akių. Per daug, kad būtų galima suskaičiuoti. Iš kiekvienos lašėjo kraujas. Kraujas ir garuojantys geltoni pūliai.

Liežuvis judėjo iš dešinės į kairę. Skleidė šleikštų garsą, o jo žandikauliai atsidarinėjo ir užsidarinėjo. O iš jo gerklės sklido girgždantis garsas, kuris kaitaliojosi tarp klyksmo ir bambėjimo.

Vėjui pučiant iš paskos, orą užpildė bjauriausia smarvė, kuri netrukus pasiekė E-Z, Hadzės ir Reikio šnerves.

Kvapas buvo pats bjauriausias. Blogesnis už sieros. Arba supuvusių kiaušinių. Bjauresnis nei sepsinis skystis ir pūvantys lavonai kartu sudėjus.

Trijulė pakilo aukščiau, kad galėtų matyti už keteros, kurios anksčiau nepastebėjo. Už jos stovėjo sidabriniai konteineriai. Sielų gaudyklės. Kiek tik akys užmato.

„Tiek daug! Ar visi jie pripildyti vaikų? O, ne!" E-Z pasakė nosiniu tonu, nes vis dar buvo užsikimšęs nosį. Nors jis vis dar jautė smarvę.

PTOOEY.

Jie išvengė geltonų pūlių purslų purslų.

„Kas tai, po velnių?" sušuko E-Z.

Apačioje buvo matyti milžiniškas akies obuolys. Ji buvo uždaryta. Užmaskuota.

PTOOEY. PTOOEY. PTOOEY.

„O ne!" E-Z sušuko. „Akių gyslos!"

Jis šovė į juos, šaudydamas karštą, lipnų skystį.

„Laikykitės!" Hadzė ir Reiki sušuko.

Kiekvienas sugriebė po vieną E-Z ausį.

„Ahhhhhhh!" - sušuko jis.

PTOOEY.

E-Z išvengė to šikšnosparnio, bet jis vos nesusidūrė su jo vežimėliu.

FIZZLE.

POP.

POP.

E-Z vėl grįžo į savo lovą. Nuo kaktos jam lašėjo prakaito lašeliai.

Tuo tarpu Alfredas toliau knarkė lovos gale.

„Tai buvo šiek tiek per arti!" E-Z pasakė. „Ar jie prasiskverbė pro apsauginį skydą? Ar jie mus pamatė? Ar jie žino, kas aš esu, kur gyvenu?"

„Ne, mes ištrūkome iš ten anksčiau, nei jie spėjo prasiveržti", - pasakė Reiki.

„Galbūt tai kvailas klausimas, bet kodėl tu tiesiog POP mūsų neįleido ir neišleido iš ten iš karto. Užuot skyrę laiko skristi visą kelią iki ten - ir kėlę pavojų mūsų gyvybėms?"

„Mes turėjome jums parodyti."

„Prieš mūšį... Kaip jūs tai vadinate..."

„Turite omenyje žvalgybą?" E-Z paklausė.

„Taip, teisingai. Mes turėjome jums parodyti. Turėjote tai pamatyti, savo akimis. Visą. Tai, su kuo susiduriate, - pasakė Hadžis.

„Manėme, kad tai, ką sužinosi, bus verta rizikos".

„Manau, kad laikas parodys," - pasakė E-Z.

„Atsiprašau, jei nuėjome per toli, - tarė Hadžas.

„Mes tikrai siekėme geriausio jūsų intereso".

„Aš žinau, kad taip ir buvo. Ir džiaugiuosi, kad pamačiau Sielų gaudytojus. Kiek jų buvo - tai mane tikrai šokiravo".

„Taip, tai šokiravo ir mus. Ir gali būti tikra, kad tai sukrėtė ir archangelus. Kai jie pirmą kartą tai pamatė."

„Nereikėjo taip sakyti", - pasakė Reikia.

POP.

Hadžė išnyko.

„O, dabar jau viskas gerai", - pasakė E-Z.

„Nesvarbu."

„Aš vis dar negaliu suprasti, ką iš to gauna Furijos? Koks jų galutinis tikslas? Ar kas nors tai jau išsiaiškino?"

„Jie kiekvieną dieną prideda vis daugiau. Vis daugiau vaikų, žaidžiančių žaidimus, įsipainiojančių į jų tinklą."

„Bet kodėl visuomenė nesipiktina? Ar nevertėtų apie tai pranešti pasaulio lyderiams, prezidentams, ministrams pirmininkams? Ar jie negalėtų nieko padaryti?"

„Pagalvokite, ką jie pirmiausia padarytų? Jie pasiųstų kariuomenę. Žūtų dar daugiau žmonių. Daugiau sielų gaudytojų, kurių prireikė anksčiau laiko.

„Žaidimas, sprendžiant iš to, ką pastebėjome, yra pasaulinis reiškinys. Piktosios seserys ima nieko neįtariančių vaikų sielas".

„Bet dauguma lyderių turi savo vaikų, - pasakė E-Z. „Žinoma, jei jie žinotų, norėtų apsaugoti savo vaikus ir norėtų apsaugoti ir kitus vaikus."

„Greičiau Furijos nuliestų jų vaikus. Tai būtų tarsi lazdos pakišimas prieš juos", - pasakė Reiki.

POP.

Hadžis buvo grįžęs.

„Joms patiktų, jei galėtų sunaikinti didžius ir galingus vaikus. Dabar, atrodo, tai, ką jie daro, yra atsitiktinis dalykas - pasirenkamas per žaidimą", - pasakė Reikė.

„Papasakok man daugiau, ką apie juos žinai". E-Z paprašė.

Hadžis sušnabždėjo: „Jų vardai yra Alė, Megė ir Tisi. Allie kerštas reiškia pyktį, Meg - pavydą, o Tisi yra žinomas kaip keršytojas."

„Gerai, tai kodėl jos taip smirda? Ir kaip juos tris galima nugalėti?" E-Z paklausė žiūrėdamas į savo laikrodį. Kaip tik ėjo 8 val. ryto. jam reikėjo pasikalbėti su likusiais gaujos nariais, kad susigrąžintų Rozaliją. Kaip jis ketino jiems papasakoti apie šią baisią trijulę ir visus vaikus tuose Sielų gaudyklėse?

„Legenda byloja, kad praeityje jie buvo nubausti už tai, kad atliko savo darbą. Dabar jie rado šią spragą su virtualia realybe, naujuoju žmonių išradimu". Hadzė suabejojo. „Kodėl žmonės niekada nenori gyventi dabartyje? Kodėl jie turi bėgti ir žaisti kvailus žaidimus, kurie kelia pavojų jų gyvybei?" „Norintis tapti angelu angelas buvo paraudęs ir labai susikrimtęs.

„Jie nežino, ką daro", - bandė paguosti draugą Reikis.

„Nežinojimas - ne pasiteisinimas, - tarė E-Z. „Turime išsiųsti juos atgal ten, kur jie buvo prieš išrandant VR. Ir mums reikia, kad jie grąžintų vaikų, kuriuos jie paėmė melagingais pretekstais, sielas. Tik štai KAIP mes turime juos įtikinti, kad jie elgiasi neteisingai? Kad jie vagia gyvybes ir baudžia žmones už mintis, o ne už darbus?

„Dabar, kai man teko pažvelgti į Furijas - žinau, kad turime jums padėti labiau nei bet kada anksčiau. Bet aš vis dar turiu įtikinti kitus. Net jei jie ir sutiks, vis tiek kovosime prieš persvarą. Noriu būti pozityvus.

Sakyti, kad esame pasirengę šiai užduočiai. Bet to tikrai nesužinosime, kol neateis laikas kovoti".

Jis trenkė pagalvę ir laikė ją ant kelių. „Palauk, ar jie žuvo? Turiu omenyje, ar Furijos pabėgo nuo savo sielų gaudytojų? O jei taip, tai kaip? Kas joms padėjo ištrūkti?"

Hadzė pažvelgė į Reikį, o Reikis pažvelgė ir į Hadą.

POP.

POP.

Jų nebebuvo.

„Puiku!" E-Z pasakė. „Tiesiog fantastiška!"

SKYRIUS 26
BALANSAS

Nors irbandė miegoti, E-Z negalėjo. Jis vis galvojo ir uždavinėjo sau klausimus. Klausimus, į kuriuos negalėjo atsakyti.

Taigi jis atsikėlė iš lovos, spustelėjo savo kompiuterį ir ėmė ieškoti informacijos.

Neilgai trukus jis rado auksą. Kai rado nuorodą „Furijos ir trys gracijos. Atrodė, kad jos yra tarsi viena kitos yin ir yang. Vienas geras, kitas blogas. Jis pagalvojo, kad jie galėtų šią informaciją panaudoti savo naudai. Jei blogosios deivės galėjo būti sugrąžintos į žemę, ar gerosios deivės taip pat galėtų būti pašauktos atgal?

Pirmiausia, prieš tai jis pasiūlė archangelams jas susigrąžinti - su sąlyga, kad jie galėtų tai padaryti. Jis norėjo tiksliai žinoti, ką Grasės galėtų atnešti.

Taip, jos buvo deivės. Dzeuso, kuris buvo dangaus dievas, dukterys. Jų galios buvo nukreiptos į žavesį, grožį ir kūrybiškumą. Jis skaitė toliau, bet neįsivaizdavo, kaip jos galėtų padėti prieš Furijas.

Vis dėlto jis turėjo šiek tiek laiko, todėl skaitė toliau Jis perskaitė kažkokį tekstą, akredituotą Nietzschei. Jo teorijos apie gėrį ir blogį vis dar buvo aptarinėjamos ir diskutuojamos forumuose.

Tada jo galvoje iškilo prisiminimas. Tai vykdavo vis rečiau, jam grįždavo prisiminimai apie tėvus. Jis tikėjosi, kad jie niekada nesibaigs.

Šis buvo pokalbis su tėvu. Apie trečiąjį Niutono dėsnį. Jie buvo išplaukę valtimi ir žvejojo.

„Taip žuvis juda vandenyje, - paaiškino tėvas.

Nuo to laiko jis daugiau apie tai sužinojo mokykloje. Jis manė, kad Niutonas ir Nyčė būtų turėję gana įdomių pokalbių. Tačiau jų gyvenimus skyrė tūkstančiai metų.

Tuomet jam tai atėjo į galvą. Jis, Lija ir Alfredas buvo Furijų priešingybė.

Ar archangelai tai jau žinojo? Ar todėl jie atrodė tokie atkaklūs, kad tik jis ir jo komanda gali įveikti Furijas?

Tačiau jo galvoje vis dar kirbėjo klausimas - ar jie galėtų laimėti?

Ar apskritai įmanoma sustabdyti Furijas?

Jis turėjo pasikalbėti apie tai su kitais.

Jis išjungė kompiuterį ir grįžo atgal, kad užsnūstų, kol kiti nepabudo.

Visi tikėjosi, kad jis turės visus atsakymus. Jis jų neturėjo, bet stengėsi kaip įmanydamas. Nuo tada, kai tapo vadovu, gyvenimas buvo toks.

SKYRIUS 27

RAUDONASIS KAMBARYS

E-Z buvo raudoname kambaryje. Kambaryje, kuris kvepėjo krauju. Nuo stipraus geležies kvapo jam skaudėjo nosį, todėl jis užsidengė ją ranka ir žengė kelis žingsnius į priekį. Jo žingsniai paliko žymes ant kruvinų grindų. Kur jis buvo? Pragare? Čia jis bent jau galėjo bėgti, bet kur? Durų nebuvo. Jokių langų. Jokios šviesos ir vis dėlto jis matė, kad viskas buvo raudona. Ir šlapia.

Jis išsitraukė telefoną ir spustelėjo žibintuvėlio programėlę. Naudodamas žibintuvėlio spindulį jis sekė aplink esančias sienas. Jos visos buvo vienodos. Kruvinos ir lašančios. Ir smirdinčios. Jis laukė. Šaukti pagalbos neatrodė protinga. Galbūt jam būtų geriau, kad tai, kas jį atvedė į šią vietą, neateitų jo pasitikti. Jis mieliau būtų su jais nesusitikęs. Žibintuvėlio spindulys išsijungė ir jo telefonas išsikrovė. Bijodamas pajudėti, jis stovėjo nejudėdamas ir klausėsi.

Šliaužimas, kažkas. Šliaužiantį, palei grindis. Vienas leidosi nuo sienos į dešinę, kitas - į kairę. Trys. Gyvatės.

Paskui oras kambaryje pasikeitė, pasigirdo pažįstamas kvapas. Puvimo. Kiaušinių. Sieros. Pūvančios skerdienos.

Jis užsidengė nosį. Kaip ir anksčiau, tai nepaslėpė bjauraus kvapo.

Jis laukė.

Vadinasi, jie norėjo, kad jis liktų vienas. Jie turėjo jį. Jis pasirūpins, kad jie gailėtųsi, jei tai būtų paskutinis dalykas, kurį jis kada nors padarys.

„Galėtume tave suvalgyti pusryčiams, - sušuko Tisi.

„Arba pietums", - pasakė Alli. „Galų gale aš esu šiek tiek išalkęs."

„Arba popietinę arbatą, juk jo nėra daug. Ne mums trims dalytis, - pasakė Megė.

E-Z sutelkė visas savo esybės skaidulas į sparnus. Jie buvo vienintelė jo viltis išsigelbėti, bet jie buvo beverčiai.

„Žiūrėk!" Megė sušuko. „Jis bando pasinaudoti savo mažyčiais sparnais".

Tisi ir Alli pakilo. Meg prisijungė prie jų, kai jie pakibo vos jam pasiekiami.

Po jo kojomis drebėjo ir dundėjo grindys. Tarsi ketino atsiverti ir jį praryti. Jis atsitraukė, kad atsiremtų į sieną. Bet kai ją palietė, jo marškiniai pasijuto šlapi. O kai jis uždėjo ant jo ranką, ji grįžo nusėta krauju.

„Aš nebijau, jūsų trijų kalės!" - sušuko jis.

„Galbūt jūs mūsų nebijote - kol kas -". Megė susiraukė.

„Bet labai greitai išsigąsite", - sušnypštė Tisi.

„Kol kas gali susidoroti su šiomis trimis", - sušnabždėjo Megė, o jos nešvankus kvapas kone privertė jį vemti.

Trys gyvatės, pasinaudodamos ūgio svertu, puolė prie jo. Jų išsišakoję liežuviai šnypštė ir spjaudėsi. Tada jos ėmė vyniotis viena aplink kitą. Susijungė, susipynė. Kol tapo viena milžiniška gyvatė su trimis galvomis ir trimis bičais. Batais, kurie spragsėjo E-Z kryptimi, kad sulaikytų jį vietoje.

Jis atsitraukė dar toliau. Girdėdamas, kaip už nugaros skverbiasi kraujas, jis kažkodėl pasijuto ramiau. Jo kūnas atsipalaidavo, kai nugara atsimušė į kampą prie kruvinais lašais apipiltos sienos.

„Pažiūrėk į jį, - pasakė Tisi. „Jis tik berniukas ir niekam nieko blogo nepadarė. Tiesą sakant, jis toks gerutis, kad gaila, jog turime jį sunaikinti".

„Taip, jo širdis tyra, - pasakė Megė. „Bet jo širdyje yra juoda dėmė. Keršto dėmę, kurią jis norėtų atkeršyti tiems, kurie buvo atsakingi už jo tėvų mirtį."

„Nekalbėk apie mano tėvus!" E - Z sušuko, dar labiau įsirėmęs į kruviną sieną. Jis bijojo. Bijojo, kad tai, ką jie kalbėjo, buvo tiesa. Jis užmerkė akis. Jei jis jų nematytų, gal jie išnyktų. Tada kažkas už jo pasidavė. Jis laisvai krito atgal. Griuvo. Krisdamas.

THUMP

Jis nusileido į savo neįgaliojo vežimėlį, ir jie nuskrido.

Raudonajame kambaryje Furijos buvo įsiutusios!

„Eikite paskui jį!" Tisi sušuko.

„Gaudykite jį!" Megė sušuko.

„Jau per vėlu!" Alli pasakė. „Jis tarsi išnyko!"

„Grįžkime į Mirties slėnį", - pasakė Meg. Jie išėjo, palikdami Raudonąjį kambarį tuščią. Tačiau jų kvapas vis dar tvyrojo.

TUMP.

„Tau bėga kraujas, - pasakė Samas. „Nusiveskime jį į vonios kambarį. Galime pažiūrėti, kaip smarkiai jis sužeistas". Samas stūmė vežimėlį link durų.

„Ne, sustok!" E-Z pasakė. „Man viskas gerai. Kraujas ne mano. Bet man reikia nusiprausti. Nuplauti tą smarvę. Tada paaiškinsiu, kas nutiko. Pažadu."

„Kol esi tikra, kad tau viskas gerai, - pasakė Samas.

Jam išėjus Samas, Lija ir Alfredas negalėjo sugalvoti, ką vienas kitam pasakyti. Jie tylėdami laukė, kol jis sugrįš.

Vonios kambaryje E-Z pastatė savo neįgaliojo vežimėlį ant rampos. Kai jie perstatė namą, dėdė Samas sugalvojo jam naują dušą. Jis suteikė jam daugiau savarankiškumo. Ir tai buvo smagu! Panašus į automobilių plovyklą.

Jis ištiesė rankas ir kaklą per diržus. Jis paspaudė mygtuką, kad judėtų į priekį, o jo kėdė paskui jį. Tuoj pat pradėjo tekėti vanduo. Vienu metu valė jo kūną ir drabužius. Kartkartėmis ištryško dušo želė ar šampūnas, o po to vanduo juos nuplovė.

Dabar, kai buvo švarus, jis toliau judėjo į priekį ir įjungė džiovinimo mechanizmą. Jis išdžiovino jį ir jo drabužius, kurie per kelias minutes nesusiraukšlėjo.

Pasiekęs galą, jis atsijungė nuo diržų ir nusileido į kėdę. Jis apžiūrėjo save veidrodyje. Jo plaukai jau atrodė taip gerai, kad jam net nereikėjo jų šukuoti. Jis grįžo į savo kambarį. Kai pamatė draugus, jam suvirpėjo skrandis ir jis apsiverkė.

„Atsiprašau, - tarė jis. „Labai atsiprašau.“

Lia ir Alfredas apglėbė jį rankomis. Jie nesijaudino dėl vėmimo. Atsidavę draugai dėl tokių dalykų nesijaudina.

Samas nuėjo atnešti dubenėlio ir vandens, kad nuvalytų sūnėną.

E-Z buvo dėkingas už pagalbą ir tai suteikė jam laiko pagalvoti, ką ir kaip pasakys.

„Ačiū, dėde Samai. Ką turiu tau pasakyti. Tai nėra gražu.“

„Kalbėk, - tarė Alfredas.

„Mes esame čia dėl tavęs“, - pasakė Lia.

„Atsisėskite, dėde Samai“.

Jie išvardijo viską netardami nė žodžio.

„Aš įeinu“, - pasakė Alfredas.

„Aš irgi“, - pasakė Lia.

„Aš trys, - pasakė Samas.

„Sutinku“, - pasakė E-Z. Ir po sekundės jis jau buvo pakeliui atgal į baltąjį kambarį. Arba ten, kur jis tikėjosi einąs.

Bet kur buvo geriau nei raudoname kambaryje. Bet kurioje vietoje.

SKYRIUS 28

BALTAS KAMBARYS

Baltas kambarys atrodė kažkoks kitoks,kai jo kojos palietė žemę.

E-Z pasijuto toks laimingas, kad grįžo į patogų baltąjį kambarį. Kur jis galėjo vaikščioti. Paliesti knygas. užuosti knygų kvapą. Bet kažkas buvo keista. Ne.

Jis nusiramino. Pastebėjo, kad jo rankos dreba. Jo keliai drebėjo. Dabar jo dantys ėmė klibėti.

Jis apsivijo save rankomis, norėdamas, kad būtų pasiėmęs striukę. Jis laukė, tikėdamasis, kad viena ateis. Ji neatėjo.

„Kas tai per vieta?" - paklausė jis.

Jokio atsakymo.

„Cheeseburgeris su bulvytėmis", - pasakė jis.

Nieko.

„Chop suey, su kiaušinio paplotėliu", - pasakė jis autoritetingiau.

„Reikalauju žinoti, kur esu!" - sušuko jis.

Nieko.

Nadda.

„Rozalija?" - pašaukė jis. „Ar tu ten esi? Erielis? Rafaelis? Kas nors? Hadzė? Reiki?"

Ir vėl nieko.

Net mandagaus PFFT, kad jis atsipalaiduotų.

Knygų pažįstamumas buvo vieninteliai inkarai, laikę jį šioje vietoje. Jis priėjo prie kopėčių, persikėlė jas po Ds. Tikėdamasis rasti Čarlzą Dikensą jis ėmė lipti. Vietoj to pamatė, kad kiekviena knyga, prie kurios prisilietė, buvo susijusi su žaidimų pasauliu.

Ką gi?

Ir nė viena knyga neturėjo sparnų. Visos jos buvo visiškai naujos. Tarsi jų dar niekas nebūtų atidaręs.

Jis vos nenukrito nuo kopėčių, kai pasigirdo balsas,

„E. Z. Dikensas - tai ne tas baltas kambarys, kurį pažįstate. Tai kopija. Jūs buvote atsiųstas čia atlikti tyrimų. Kiekviena jums reikalinga knyga yra po ranka. Kiekviena knyga turi būti perskaityta ir peržiūrėta iki galo".

„Aš negaliu greitai perskaityti visų šių knygų, man prireiktų metų, kad visas šias knygas perskaityčiau!"

„Todėl tau bus suteikta papildoma galia. Galia, kuri pasireikš tik tarp šio kambario sienų. Skaitykite dabar. Greitai. Įsiutęs. Įsiminkite viską."

Kai šis balsas baigėsi, pasigirdo kitas,

„Dešimt, devyni, aštuoni, septyni, šeši, penki, keturi, trys, du, vienas. O dabar perskaityk E-Z Dikensą. Įsijunk į tai".

E-Z sparčiai perskaitė kiekvieną knygą.

Kai vieną baigdavo, į rankas tuoj pat pakliūdavo kita. Paskui dar vieną, ir dar vieną.

Jis perskaitė jas visas, kol nebegalėjo daugiau skaityti.

Jis tikėjosi, kad jo galva nesprogs!

Tada jis atsitrenkė į sieną, atsitūpė į kampą ir verkė, nes mintyse kūrė planą.

Idėja jam kilo pagalvojus apie PJ ir Ardeną. Kodėl Furijos juos paguldė į komą, o ne į Sielų gaudytojus? Jie buvo žaidime - jie visą laiką žaidė žaidimus, kodėl jų nenužudžius?

Planas buvo toks: Jis ir jo komanda turėjo išrasti savo daugelio žaidėjų žaidimą. Samas būtų pažinojęs žmonių, galinčių padėti pramonėje. Kai „Furijos" įsiveržtų atsiimti jų sielų - jie juos nukautų.

Jis norėjo, kad Ardenas ir PJ būtų ten, kur galėtų žaisti kartu su juo - nes jie jį palaikytų. Tai buvo gerai, jis turėjo jų nugaras. Jis ketino juos išgelbėti ir išlaisvinti.

Jis vaikščiojo pirmyn ir atgal, viską apgalvodamas. Vienas aspektas nepadėtų. Jei jis įsitrauktų į žaidimą ir atsisakytų žudyti - jie būtų jį užklupę. O tai galėjo sukelti pavojų kitiems.

Juk jis negalėjo pasakyti visiems pasaulio žaidimo žaidėjams, kad nustotų žaisti. Jei jis pasakytų jiems tiesą, apie tris deives, bandančias pavogti jų sielas, jie jį uždarytų į kalėjimą.

Vis dėlto tai buvo vienintelė mintis. Vienintelis aiškus kelias, kurį jis matė, kaip įveikti Furijas jų pačių žaidime.

Susitaikęs, kad negali sugalvoti nieko geresnio, jis tarė: „Išveskite mane iš ten".

Ir štai taip jis liko vienas tikrame baltame kambaryje su Rozalija ir Rafaeliu. Jis susimąstė, kur yra Erielis, ne dėl to, kad jo pasiilgo.

„Gerai, turiu idėją. Tam tikrą planą, - pasakė jis. „Bet nesu tikras, ar jis pasiteisins. Man reikia atsakymų į du klausimus. Ir turiu prašymą dėl trečiojo - prašymas nediskutuotinas".

„Klauskite, - tarė Rafaelis.

„Pirmas, ar galėsiu išgelbėti savo geriausius draugus PJ ir Ardeną, jei susidursime su „Furijomis"?"

Rafaelis suabejojo prieš kalbėdamas. „Jei tau pavyks, nėra jokios priežasties, dėl kurios tavo draugai nebūtų išgelbėti".

„Kertant širdį?" - tarė jis.

Ji taip ir padarė.

„Kaip ir įtariau, dėl jų būklės kaltos Furijos. Ar tai tiesa?"

„Taip, mes tikime, kad tai tiesa. Jūsų draugams tam tikra prasme pasisekė, nes jų sielos liko nepažeistos. Negalime išsiaiškinti, kodėl, t. y. jei jie buvo Furijų taikinys. Visais kitais mums žinomais atvejais jos atėmė vaikų sielas. Nežinome kitų tokių, kaip jūsų draugai, kurie liko gyvi komos būsenos".

„Apie tai irgi turiu mintį, bet man reikia žinoti, jei Furijos bus nugalėtos, kas nutiks PJ ir Ardenui? Kas nutiks visiems vaikams, kurių sielos jau yra sielų gaudyklėse? Jie neturėjo mirti. O kas nutiks benamių sieloms?"

„Šiuo metu Furijos naudojasi interneto galia. Ji suteikia jiems prieigą prie kiekvieno planetos žmogaus širdžių ir namų. Jūs visi tarsi palikote atviras duris ir langus - taigi į vidų gali patekti bet kas. Tiesa, Furijų yra tik trys - tačiau jų galios didžiulės. Jos yra mitinės būtybės, deivės, kurių kilmė siekia Dzeusą. Jūs juk girdėjote apie Dzeusą, tiesa?"

„Skaitau, kad jis buvo dangaus dievas ir Trijų gražuolių tėvas. Ar jos galėtų mums padėti, jei jas atgaivintum?" "Ne.

„Dzeusas čia nedalyvauja. Nėra ir jo dukterų. Mes, archangelai, nežaidžiame su laiku. Ir visada tikėjome, kad Sielų gaudytojai yra šventi. Neliečiami. Iki šiol."

„Puiku, vadinasi, manote, kad mano draugai tapo Sielų gaudytojų taikiniu, bet nesate tikri. Ne labiau nei aš, tiesa?"

„Teisingai. Taip yra todėl, kad negaliu šimtu procentų pasakyti „taip" arba „ne". Jei tavo draugai žaidė žaidimus. Turiu omenyje žudymą žaidimuose... Tada jie atitiktų Furijų kriterijus.

„Bet jei jie norėjo jų mirties - jie jau būtų mirę. Nebent... ne, tai neturėtų prasmės. Tai reikštų, kad jie žino apie tave ir tavo komandą. Jie niekaip negalėtų žinoti. Mes tai laikėme paslaptyje. Jei jie žinotų, tuomet jie laikytų tavo draugus gyvus tam atvejui, jei jiems prireiktų svertų".

„Norite pasakyti, kad tai būtų derybinis koziris?"

„Galbūt, tiesą sakant, nežinau. Kaip jau sakiau, mes viską apie tave ir tavo komandą laikėme paslaptyje. Mes, įskaitant mane ir kitus arkangelus, padarytume viską, kad tave apsaugotume.

„Furijos" per šimtmečius gavo galių. Tačiau jos niekada nesitaikė į nekaltus vaikus. Jos niekada neiškraipydavo savo darbotvarkės taip, kad ji atitiktų jų pačių tikslus".

„Kokie jų tikslai?" E-Z paklausė.

„To mes nežinome."

E-Z pasakė: „Todėl mums reikia turėti geriausią galimybę, kad galėtume prieš juos laimėti."

„Būtent taip, bet kiekvieną dieną jie pavagia vis daugiau vaikų sielų ir šį procesą spartina".

„Kiek pagreitina?" E-Z paklausė.

„Manome, kad tūkstančiais, bet netrukus bus milijonai. Netrukus bus per vėlu juos sustabdyti."

„Gerai, suprantu, kas čia gresia, bet mes dar tik vaikai ir nenorime eiti aklai. Mes mirtingi, kaip ir jie. Turime pagalvoti, apsvarstyti visas galimybes prieš rizikuodami savo gyvybe".

„Mes suprantame ir, kaip jau sakiau, mes jus palaikysime".

„O dabar pereikime prie kito klausimo, noriu sužinoti, ką man daryti su dešimtmečiu Čarlzu Dikensu?"

„O tai, - tarė Rafaelis. „Visų pirma, mes neturime nieko bendra su jo reinkarnacija. Turime teoriją, be tos, kurią tau pasakėme, t. y. kad tu jį iškvietei. Mums įdomu, ar jo sugrįžimas, buvo jų klaida. Galbūt visata atsivėrė ir atsiuntė jį jums padėti, kaip pusiausvyrą. Juk jis yra kraujo giminaitis. Ir jis yra pasakotojas, ir siužeto meistras. Galbūt jis turi priemonių ir įžvalgų, apie kurias jūs dar nežinote, kad padėtų jums įveikti „Furiją".

E-Z atidžiai rinko žodžius. „Bet jis dar vaikas. Jis dar nėra parašęs nė vieno kūrinio. Jis blaškys dėmesį, be to, yra iš kito laiko ir gali sukelti pavojų mums ir mūsų misijai".

„Priklauso nuo to, - pasakė Rafaelis. „Jis gali būti slaptas ginklas. Jis čia, dėl tavęs. Jei juo tiki. Kad jis gimė būti rašytoju. Tada, būdamas dešimties metų, jis jau turės visus reikiamus įgūdžius. Pasinaudokite juo savo naudai, jei nuspręsite tai padaryti".

E-Z suspaudė kumščius. „Nori pasakyti, kad turėtume pasinaudoti mano pusbroliu kaip masalu?"

Rafaelis nusijuokė ir nusikeikė, sukeldamas nereikalingą vėjo gūsį.

„Padėtų, jei nustotum taip plasnoti", - pasakė Rozalija. „Esu apsivilkęs megztiniais, bet vis tiek negaliu čia sušilti. Beje, dabar norėčiau eiti namo. E-Z ir kiti sutiko, taigi savo dalį jau padariau. O dabar, iki pasimatymo, atsisveikinu. Leiskite man eiti namo."

BINGO.

Rozalija dingo ir nusileido atgal į savo kambarį. Ji mintyse kalbėjosi su Lija ir pasakė jai, kad grįžo nenukentėjusi, o dabar eina miegoti.

E-Z pagalvojo apie dar vieną neginčijamą reikalavimą.

„Aš noriu, kad mūsų komandoje kartu su manimi būtų Hadzė ir Reikis".

Rafaelis nusišypsojo. „Hadzę ir Reikį su Ereliu sieja mūsų vadas Maiklas".

„Tada leiskite man su juo pasikalbėti. Tie du mums padėjo. Jie ateina, kai juos pašaukiam. Jei ketiname kovoti su senoviniu blogiu, mums reikia, kad tie du būtų mūsų pusėje ir mums padėtų".

„Maiklas negali su jumis kalbėtis. Tačiau aš pateiksiu jūsų prašymą. Jei jis manys, kad tai būtina, praneš man, o aš savo ruožtu pranešiu jums. Ar yra dar kas nors?"

„Taip. Man reikia žinoti, kaip atsikratyti Furijų. Ar mes turime jas nužudyti? Išsiųsti jas atgal ten, iš kur jos atėjo? Ką tiksliai prašote mūsų padaryti su šiomis deivėmis?"

„Suriškite jas, sulaikykite - o visa kita padarysime mes. Jei tavo planas pasiteisins, turėtume perimti sielų gaudytojų kontrolę. Viską grąžinsime į pradinę padėtį".

„O kaip su tais, kurie mirė per anksti?"

„Visi bus išlyginti... kai priešai bus neutralizuoti".

„Prieš išsiunčiant mane atgal, - tarė E-Z, - man reikia kai ko, tam tikro draudimo, kad daugiau neketinate mums kirsti kelio. Tuo draudimu turėjo būti mums duoti Hadžą ir Reikį, bet kadangi jūs negalite man to duoti, man reikia kažko kito. Kažko, ką galėčiau nunešti kitiems ir pasakyti, kad tai yra įrodymas, jog jie mūsų neišduos, kaip darė anksčiau."

„Kaip ką?"

„Tavo akiniai turėtų užtekti", - pasakė jis.

Rafaelė nukrito ant kelių, jos sparnai nustojo plazdėti ir atšoko. „Ne tai, bet ką, tik ne tai", - sušuko ji. „Be akinių aš tau nepadėsiu ir niekam nepadėsiu".

„Arkangelai laikė Rozaliją čia prieš jos valią. Pasinaudojo ja, kad patektų pas mane. Jūs persigalvojote dėl duotų pažadų, atšaukėte mano bandymus..."

Ji palietė akinių kraštus, paskui juos nusiėmė. Jos rankose akiniai virto gyvate, raudona gyvatė, kuri užlipo ant E-Z rankos ir šliaužė aukštyn, aukštyn, aukštyn.

„Ką gi!" E-Z sušuko, kai gyvatė toliau kilo jam ant kaklo. Per smakro kraštą. Ji šliaužė per tvirtai sučiauptas lūpas. Į viršų ir per nosį. Paskui ji perskilo perpus ir apvyniojo po vieną galą aplink kiekvieną ausį. Paskui grįžo į savo pradinę būseną pulsuojančius akinius.

„Mano akiniai dabar tavo, kad ir ką darytum - neleisk, kad Furijos juos iš tavęs atimtų. Jei taip nutiktų, mes visi būtume sunaikinti".

„Palaukite!" - pasigirdo balsas nuo sienos. „O jeigu tau nepavyks? Juk esate tik vaikai."

„Negaliu pažadėti sėkmės - bet mes atiduosime visas jėgas. Tačiau būtų gerai žinoti, kad jei mums prireiks jūsų pagalbos, jūs pasinaudosite savo galiomis, kad mums padėtumėte."

„Susitarta", - pasigirdo balsas.

E-Z vėl sėdėjo savo kambaryje neįgaliojo vežimėlyje, o ant jo veido pulsavo raudoni akiniai.

„Tu turi liautis tai daryti", - pasakė dėdė Samas, kuris paklojo sūnėnui lovą. „Kol dar nepamiršau, mes su Semu šiandien aplankėme PJ ir Ardeną, kai ligoninėje darėme apžiūrą. Susidūrėme su PJ tėčiu; jis pateikė mums naujausią informaciją. Dabar jie gyvena viename ligoninės kambaryje, bet nė vieno iš jų būklė nepasikeitė".

„Ačiū, ketinau jiems paskambinti. Gerai, visi susirinkite."

SKYRIUS 29

KĄ DARYTI?

„**Ar**tau reikia, kad pasilikčiau?" Samas padarė pauzę. „Nes mano žmona laukia, kol jai pamasažuosiu kojas. Kūdikis turi gimti bet kurią dieną, todėl versti ją laukti negalima."

„Uh, eik ir pasirūpink ja", - pasakė E-Z. „Vėliau papasakosiu tau smulkmenas".

Lia apkabino Samą.

„Ačiū, - pasakė Samas, uždarydamas už savęs duris.

Pasigirdo priekinių durų skambutis.

„Turiu!" sušuko Samas ir nubėgo prie lauko durų.

„Jis turi daug reikalų", - pasakė E Z. - ‚Jis turi daug reikalų'.

„Bus lengviau, kai gims kūdikis", - pasakė Lija.

„Bus chaotiškiau", - pasakė Alfredas. „Bet dabar dėl to nesijaudinkime".

„Taigi, kas naujausia?" Lia paklausė.

„Pradėkime nuo teigiamų, jei tokių yra. Tikrai tikiuosi, kad jų yra, - pasakė Alfredas.

„Gera žinia ta, kad turiu idėją. Liūdna žinia ta, kad neturiu supratimo, ar ji veiks prieš mūsų priešus. Jie žinomi kaip Furijos. Ar kas nors iš jūsų yra apie jas girdėjęs? Pavadinimą žinojau iš mitologijos, be to, jos vaizduojamos kai kuriuose žaidimuose.“

Lija papurtė galvą, kad ne.

Alfredas tarė: - Esu apie jas girdėjęs, bet tai buvo labai seniai. Manau, kad apie juos skaitėme vidurinėje mokykloje, dar tais laikais. Prisimenu, kad jie buvo blogi - gal trys? Ir ar jos nėra deivės? Man galvoje iškyla Medūzos vaizdinys. Ar jos buvo susijusios?“

„Jos dar blogesnės. Kur kas blogesnės, nes jų yra trys, - pasakė E-Z. „Kai apsiverkiau, na, tai buvo iškart po antrojo susidūrimo su jomis. Per pirmąjį susidūrimą, tai buvo kelionėje su Hadzu ir Reiki. Tai, ką jie vadino nedidele žvalgyba. Ir nesijaudinkite, mes buvome užmaskuoti, bet aš daug ko išmokau. Jie įkūrė būstinę Mirties slėnyje.

„Kaip ir įtarėme, jie taikosi į vaikus. Žaidimų pasaulyje. Lia, tu klausei, koks jų tikslas... Tai - pastūmėti vaikus per kraštus. Mūsų amžiaus vaikus ir dar jaunesnius.

„Kartą juos gavę, jie pavagia jų sielas. Ir įdeda jas į kitiems žmonėms skirtus Sielų gaudykles. Taigi, kai jie miršta, jų sielos neturi kur dingti.“

„Tai labai blogai!“ Lija pasakė.

„Taigi, kai tikrieji sielų gaudyklių savininkai miršta, kas atsitinka jų sieloms? Turiu omenyje, jei jų sielos neturi kur eiti - nei namų, nei dangaus, - kas tada joms atsitinka?" Alfredas paklausė.

„Tai štai kas. Jos neturi amžino poilsio vietos, todėl kai miršta, jos tiesiog plūduriuoja aplinkui. Tai sutrumpinta versija. O mums reikia sustabdyti Furijas ir reikia jas sustabdyti kuo greičiau".

„Kaip jie pasiima vaikų sielas? Nesuprantu, - paklausė Lija.

„Aš irgi, - atsakė Alfredas. „Vaikai, ypač tie, kurie žaidžia žaidimus, labai gerai išmano kompiuterius. Kaip jie kelia sau pavojų? Kaip Furijos gauna prieigą prie jų pačių namuose, tiesiai tėvams po nosimi?" Jis akimirką pagalvojo: „Ar jie atsakingi už tai, kad PJ ir Ardeną ištiko koma?"

„Gerai, pirmiausia Lijos klausimas. Furijos baudžia tuos, kurie nenubausti, - toks buvo jų tikslas istoriškai. Pagrindinis jų ginklas visada buvo gailestis. Jos priverčia žmones jaustis kaltais. Kad gailėtųsi padarę bloga. O kai tai padaro, jos perima kontrolę. Jos išveda juos iš proto, priverčia sunaikinti save.

„Aš tau pasakiau apie tą vaikiną, kuris atėjo į mano namus ir bandė mane nušauti? Jis sakė, kad kažkas žaidime jam pasakė, jog nužudys jo šeimą, jei jis manęs nenužudys. Jie privertė jį persekioti mane dėl veiksmų, kurių jis ėmėsi žaidime. Man prireikė Erielės užuominos, kad suprasčiau šį ryšį. Tuo metu ji atrodė keista, bet ne iš karto įsidėmėjau.

„Štai kaip jie tai daro. Vaikinas žaidžia žaidimą ir, norėdamas pažengti į priekį, turi ką nors nužudyti arba net įvykdyti masinę žmogžudystę, arba, na, supranti. Realiame pasaulyje tokie dalykai yra nuodėmės ir prieštarauja įstatymams, žaidime jie yra žaidimo dalis. Daugumoje žaidimų tai yra vienintelis tikslas".

„Palaukite, - tarė Alfredas. „Nori pasakyti, kad žaidime jie baudžia vaikus taip, tarsi jie būtų įvykdę žmogžudystę realiame gyvenime?"

„Taip ir yra, - pasakė E-Z. „Būtent tai jie ir daro. Kaip jie naudojasi žaidimų industrija, kad pateisintų - ne, nemanau, kad tai tinkamas žodis. Turiu omenyje, kad pateisintų jų veiksmus atimant vaikų sielas".

Lija suspaudė rankas ir sugniaužė jas į kumščius. Paskui jomis užsidengė ausis, tarsi nebenorėtų daugiau girdėti. „Tu visiškai teisus E. Z. Neturime kito pasirinkimo - būtinai turime padaryti galą toms raganoms. Kuo greičiau, tuo geriau."

„Žinau, - tarė E-Z, - bet tai nebus lengva. Jos yra deivės, dar žinomos kaip Tamsos dukterys ir Erinijos. Jų svarbiausias tikslas - nubausti nedorėlius, o žaidimo ribose - visi yra nedorėliai. Tai vienintelis būdas žengti į priekį žaidime".

„Sakėte, kad turite planą, koks jis?" - "Ne. Alfredas paklausė.

„Pirmiausia atsakysiu į tavo klausimą apie PJ ir Ardeną. Mano nuojauta sako, kad atsakymas yra teigiamas. Bet aš paklausiau Rafaelio, ar ji galėtų patvirtinti. Ji pasakė, kad negali šimtu procentų pasakyti vienaip ar kitaip. Kadangi „Furijos" niekada - jos žiniomis - nebuvo išėjusios pavogti sielos. Jau nekalbant apie dvi sielas.

„O, dar vienas dalykas, kurį turiu tau pasakyti, - Mirties slėnyje yra tūkstančiai Sielų gaudytojų. Galbūt daugiau nei tūkstančiai, ir jų skaičius auga kiekvieną dieną. Jų yra tiek, kiek tik akys užmato." Jis sustojo, tarsi širdis būtų gerklėje, ir nušluostė ašarą.

„Buvo sunku būti to liudininku. Tai, ką jie daro, yra taip iš anksto apgalvota, sąmoninga. Tačiau negaliu suprasti, kas jiems iš to. Turiu omenyje, kad Hadžis ir Rikis buvo teisūs, nusivežę mane ten, kad tai pamatytume. Jei jie būtų man pasakoję, nerodydami... tai nebūtų manęs taip stipriai paveikę. O ir Rafaelis sako, kad jie kasdien didina suvartojamų medžiagų kiekį. Taigi, neturime daug laiko sėdėti ir galvoti. Mums reikia plano ir turime imtis veiksmų".

„Ar jie mirtingi?" Alfredas paklausė.

„Taip, mes esame lygiame lygyje, - atsakė E-Z. „Taigi, planas, kurį sugalvojau, buvo sukurti savo žaidimą. Dėdė Samas galėtų padėti. Kai žaisiu, kad pasigirčiau nužudymais, tada Furijos ateis manęs pasiimti. Kai jie tai padarys, mes juos pagausime ir nužudysime žaidime.

„Maniau, kad jų galios žaidime gali sumažėti. Bet tada man šovė mintis - o kas, jei ir mano taip pat."

„Mes to nesužinosime, kol nebus per vėlu, - pasakė Alfredas.

„Tai tiesa. Kuo daugiau apie tai galvojau, tuo mažiau veiksminga atrodė ši idėja. Jau nekalbant apie tai, kad jei jie iš tiesų turi PJ ir Ardeną, įstrigusį limbe, kol juos kontroliuos... Na, jie galėtų atimti jų sielas. Ir mes jų netektume."

„Nori pasakyti, kad tai gali būti spąstai?" Lia paklausė.

„Būtent."

„Jūs davėte mums daug ką apmąstyti, - pasakė Alfredas. „Manau, kad turėtume apie tai miegoti, apmąstyti ir rytoj vėl apie tai pasikalbėsime."

„Nesu tikra, ar galėsiu miegoti, - pasakė Lija, - bet sutinku, padarykime pertrauką. Man reikia laiko pagalvoti, į kokį pavojų pateksime. Turime būti tikri, kad vienas kitam atremiame nugaras".

„Žinoma, - tarė E-Z. „Tuo tarpu aš pažiūrėsiu, ar galiu sugalvoti planą B".

Lija išėjo iš kambario ir uždarė už savęs duris.

„Įdomu, kas buvo prie lauko durų?" E-Z paklausė.

„Ryte galime paklausti Semo, jis tikriausiai vis dar užsiėmęs žmonos kojų priežiūra."

Jie nusijuokė: „Skamba kaip planas, - E-Z. „Labos nakties, Alfredai."

„Laba naktis, E-Z."

SKYRIUS 30

OOOH, BABY BABY

„Kūdikis**gimsta**!" Po kelių valandų Samas sušuko.

Eidamas koridoriumi jis viena ranka laikė Samantos ranką. Ant peties buvo užsimetęs naktinį krepšį. Jis griebė automobilio raktelius.

„Tu nevažiuosi, meile, - pasakė Samanta, padėdama raktelius atgal ant prekystalio.

E-Z išėjo į koridorių. „Nori, kad važiuotume su tavimi?"

„Man viskas gerai", - pasakė Samanta. „Lia vis dar kietai miega."

„Aš ją pažadinsiu ir susitiksime prie ligoninės, gerai?"

Lia žvilgtelėjo per petį: „Jau iškviečiau taksi. Jis nevažiuoja."

Samas nusišypsojo: „Ji - viršininkė."

„Iki pasimatymo", - pasakė E. Z. „Beje, kas vakar vakare buvo prie durų?"

„Tai buvo Rozalija. Ji buvo išsekusi, todėl paguldėme ją į svečių kambarį".

„Gerai, ačiū", - pasakė E-Z.

Sukdamas koridoriumi prie Lijos kambario ir galvodamas, ką Rozalija ten veikia, jis pasibeldė į duris.

„Tai aš, Lia", - pasakė jis. „Tavo mama ir dėdė Semas važiuoja į ligoninę. Kūdikis gimsta!"

Iš pradžių pasigirdo trenksmas, paskui Lia atidarė duris. Jos naktinio stalelio lempa gulėjo ant grindų šalia lovos. „Būsiu pasiruošusi per sekundę", - pasakė ji. Ji uždarė duris.

Jis persikėlė kartu į svečių kambarį. Žvilgtelėjo į vidų ir Samas buvo teisus, Rozalija kietai miegojo. Jis grįžo į savo kambarį, apsirengė ir stengėsi nepabudinti Alfredo. Ligoninėje gulbėms buvo draudžiama lankytis, todėl jį pažadinti būtų buvę pikta - jis pasijustų atstumtas. Jis parašė raštelį, kad Rozalija miega svečių kambaryje ir kad prižiūrėtų ją, kol jie grįš. Pasakyk jai, kad ji jaustųsi kaip namie, rašė jis. Jis paliko raštelį taip, kad Alfredas jo nepastebėtų, kai pabus.

E-Z uždarė už savęs duris ir jas užrakino, tada kartu su Lija įsėdo į laukiantį taksi ir nuvažiavo į ligoninę.

Jie sekė ženklus ir netrukus rado kūdikių skyrių. Samas buvo ten, vaikštinėjo aukštyn ir žemyn, kaip per televiziją daro būsimi tėvai.

„Kaip laikotės?" E-Z paklausė.

„Kaip mano mamą?" Lia paklausė.

„Ačiū jums abiem, kad atėjote, - pasakė Samas. Jam drebėjo ranka, kai bandė atsigerti vandens iš buteliuko. „Samantai sekasi tikrai labai gerai. Turiu omenyje, kad ji jau yra tai išgyvenusi su tavimi, Lia, todėl žino, ko tikėtis, o aš. Na, nežinau, ar galiu tai ištverti. Kursas, kurį išklausėme, kad padėtume pasiruošti šiandienai, buvo geras - bet tikrovė visai kitokia. Nekenčiu ligoninių."

„Visi nekenčia ligoninių, - pasakė E-Z. „Bet kai jie įeina pro tas varstomas duris. Ir pasako, kad esi reikalingas... Tuomet turi susiimti, įeiti ten ir padėti savo žmonai. Atminkite, kad esate komanda, esate kartu. Jūs galite tai padaryti!" Jis paplekšnojo dėdei per nugarą.

„Žinau."

Lia padėjo galvą ant Semo peties. „Tau puikiai seksis."

Atėjo slaugytoja. „Tavo žmonai tavęs reikia. Ji netrukus ateis. Nuvesiu tave nusiprausti, o paskui galėsi būti su žmona, kai ją nuleisime".

Samas linktelėjo galva ir nuėjo.

Paskutinė jo veido išraiška priminė E-Z žmogų, stovintį prieš sušaudymo būrį.

„Jam viskas bus gerai, - pasakė Lija, glostydama E-Z ranką.

Po kelių valandų Samas grįžo pas juos su plačia šypsena veide. „Turiu dar vieną dukrą, - pasakė jis, - ir sūnų!"

„Du vaikus?" Lia ir E-Z vienbalsiai ištarė.

„Taip, du. Per skenavimą matėme tik vieną."

„Kaip mano mama?"

„Ji puiki! Nuostabi!"

„Ar galime ją pamatyti? Ir kūdikius?"

„Duokite jiems kelias minutes, kad galėtų pasiruošti. Tada galėsi susitikti su broliu ir seserimi Lia, o E-Z - su pusbroliais ir pusseserėmis."

„Jau žinai, kaip juos pavadinsi?" E-Z paklausė.

„Taip, bet mes tau pasakysime kartu".

„Teisingai", - pasakė E-Z.

„Du kūdikiai, tame name - su visais kitais", - pasakė Lia.

„Aš galvojau apie tą patį. Jau dabar turime pilnus namus... bet susitvarkysime. Visada susitvarkysime."

Jie sėdėjo kartu ir laukė.

EPILOGAS

Po**kelių savaičių**buvo sausio 17-oji. Kalėdos atėjo ir praėjo su visa įprasta pompastika ir puošnumu, kaip ir Naujieji metai. E-Z buvo dar vieneriais metais vyresnis, saldžiųjų šešiolikos, ir jo kambaryje buvo susirinkusi visa gauja. Čarlzas Dikensas prisijungė prie jų per „Facetime".

Koridoriaus gale dvynukai Džekas ir Džilas kėlė šurmulį. Samas ir Samanta vis dar pratinosi prie naujokų rutinos. Namuose niekas daug nemiegojo, kol neatidarė kalėdinių dovanų. E-Z, Lia ir net Alfredas gavo garsą blokuojančias ausines.

E-Z galvojo apie kitus būdus, kaip jie galėtų nugalėti Furijas. Be jo idėjos persekioti juos žaidime. Keletas kitų variantų atsivėrė.

Kol kiti miegojo, jis kelis kartus internetu pasikalbėjo su Čarlzu. Čarlzas manė, kad nugalėti juos jų pačių žaidime būtų „visiškai šaunu". '

E-Z šiek tiek nerimavo, kokių dar frazių tie detektorininkai moko Čarlzą. Kartu jie nusprendė papildyti grupę savo diskusijomis, kaip judėti į priekį įgyvendinant žaidimų idėją.

„Tai paprasta, - pasakė Čarlzas Dikensas. „E-Z ir aš neseniai kalbėjomės telefonu ir sugalvojome, kas galėtų veikti. Jei jie turi kokios nors informacijos apie Tris - turiu omenyje, kad jūsų pilna internete - jie apie jus žinos. Bet jie nežinos apie mane.

„Ne dėl to, kad jie manęs bijotų. Nors Edvardas Bulweris-Lyttonas kartą rašė, kad „plunksna galingesnė už kardą“. Šiuo atveju, tikiuosi, tai būtų tiesa.

„Taigi, aš praktikavausi su savo draugais detektorininkais. Sugalvojome, kad geriausias žaidimas, į kurį jie gali įsitraukti, yra jau egzistuojantis žaidimas. Ir manome, kad žinome tobulą žaidimą.

„Jis vadinasi „PK įgula“. Žaidimo reitingas kai kur yra 13+ arba 12+, ir jis yra nemokamas. Žaidimo motyvas - nužudyti visus, įskaitant savo šeimą ir draugus. Už kiekvieną nužudymą esi apdovanojamas, bet kai nužudai artimus žmones, gauni dar daugiau taškų. Daugiau pinigų. Netgi žinomumą žaidime. Jūsų nuotrauka PK televizoriaus ekrane. Pirmajame laikraščio „The Peachy Keen Times“ puslapyje. Žaidimas vyksta išgalvotame miestelyje Peachy Keen. Tai puikūs spąstai - ir šį žaidimą ketiname pradėti patys. Aš žaisiu kaip dvylikametis, jie ateis į žaidimą, o jūs, vaikinai, jau būsite jame“.

„Tai bus pakankamai saugu, - pasakė E-Z, - juk tu jau esi miręs - turiu omenyje praeitą gyvenimą, - todėl jie negali tavęs nužudyti".

Pasigirdo beldimas į duris: „Jos atidarytos", - pasakė E-Z.

Lia pašoko ir apglėbė Rozaliją. „Gera matyti, kad atsibudai, - pasakė ji, įsisupusi į storą draugės megztinį.

Rozalija buvo tapusi svarbia jų komandos dalimi. Tačiau jai buvo leista pasilikti su jais tik dar vieną dieną. Po to ji turėjo grįžti į namus.

Eidama per kambarį atsisėsti, ji patapšnojo gulbinui Alfredui per galvą. Jie visi greitai susidraugavo, nes ji atvyko anksčiau nei kūdikiai.

„Turiu jums kai ką papasakoti. Pirma, ačiū, kad mane taip svetingai priėmėte. Buvo nuostabu jus matyti ir ačiū, kad leidote man pasijusti jūsų komandos dalimi".

„Ahhhhhhh", - tarė Lija.

„Ką turiu papasakoti, tai, kad rašiau knygą apie kitus vaikus, turinčius tokių pat ypatingų galių kaip jūs. Ji yra mano naktinio stalelio stalčiuje. Kitą kartą, kai atvažiuosite į svečius, duosiu jums ją, kad galėtumėte nueiti ir surinkti kitus, kurie padėtų jums įveikti Furijas."

„Mums prireiks bet kokios pagalbos", - pasakė Lija.

„Rafaelis ir Erielis mano, kad jie gali tau padėti, todėl ir norėjo, kad jiems perduočiau detales. Todėl ir užsirašiau - kad nepamirščiau nieko svarbaus".

„Todėl Rafaelis ir Erielis nusitempė tave į baltąjį kambarį?" E-Z pasiteiravo.

„Ir taip, ir ne. Turiu omenyje taip. Jie žino apie kitus vaikus. Bet ne, jie tiesiai neprašė manęs perduoti informacijos apie juos. Žinau, kad šie vaikai tau svarbūs ir be jų neįveiksi „Furijų".

„Ką tu žinai apie „Furijas"?" Alfredas paklausė.

Rozalija susiraukė ir sukryžiavo rankas. „Žinau apie jas keletą dalykų. Pavyzdžiui, kad jos yra trys baisios seserys, kurios grįžo čia, į žemę, kad darytų bloga".

E-Z pasakė: „Tu nejuokauji. Iš pirmų lūpų mačiau, kokią žalą jos iki šiol padarė. Mes rengiame planą. Bet pasakyk, kur tie kiti vaikai? Ar manai, kad jie mums padės? Tai jei sugalvosime, kaip juos čia atvežti".

„Jie yra geri vaikai, bet turėtumėte paprašyti jų ir jų tėvų leidimo. Vienas jų yra kitoje pasaulio pusėje, Australijoje, kitas - Japonijoje, o trečias - Jungtinėse Valstijose, Finikse, Arizonos valstijoje. Galbūt yra ir kitų, bet šie trys yra vieninteliai, su kuriais man kol kas pavyko susisiekti", - sakė Rozalija.

„Kita vertus, naujų vaikų įtraukimas viską apsunkins, - pasakė E-Z. „Be to, jei mums nepavyks, tada nebus kam perimti vadovavimą. Galbūt mums būtų geriausia tvarkytis patiems, kad kuo mažiau atsiskleistų. Jei mes galime tai padaryti, turiu omenyje, išvesti „Furiją" - kam į tai įtraukti kitus? Nepažįstamuosius? Kam rizikuoti kitų vaikų gyvybėmis?"

„Dar visai neseniai visi buvome svetimi, - pasakė Alfredas.

„Aš vis dar esu svetimas - nors esame giminės, - pasvarstė Čarlzas Dikensas. „Bet aš nesu vienas iš Trijų. E-Z vadovauja, ir aš mielai darau viską, ką jis mano esant geriausia. Detektorininkai sako, kad esu naujokas. Ir tai tiesa."

Rozalija pažvelgė į berniuką Ekrane. „Mes dar nebuvome tinkamai pristatyti, - pasakė ji. „Aš esu Rozalija ir esu beveik tikra, kad esu didesnė naujokė nei tu".

Čarlzas nusijuokė. „Aš esu Čarlzas Dikensas".

„Ar turi kokių nors giminystės ryšių su, žinai, Čarlzu Dikensu?" Rozalija paklausė.

„Ech, taip, aš esu jis - reinkarnuotas".

Rozalija nusijuokė. „Maniau, kad jau viską girdėjau. Ką gi, džiaugiuosi, kad susipažinau su tavimi, Čarlzai".

Pasigirdo garsus beldimas į lauko duris.

Po kelių sekundžių, nepaisant Semo protestų, koridoriumi nužingsniavo apsiavusios kojos.

„Rozalija, - pro uždarytas duris ištarė stambiausias iš dviejų vyrų. „Laikas grįžti į namus. Jums reikia vaistų, tad išeikite, arba mums teks ateiti pas jus".

Rozalija atsistojo: „Atrodo, kad pasakiau tau viską, ką reikia žinoti, ir dar pačiu laiku." Ji priėjo prie durų, atidarė jas ir išėjo kartu su palydovais.

Vieną minutę greitosios pagalbos automobilio gale, paskui baltajame kambaryje. Lentynos ir knygos buvo tos pačios, bet kvapas - ne. Anksčiau kvapo nebuvo, bet dabar jis buvo blogas. Smirdėjo. Bjaurus. Kaip baliklio ir supuvusių kiaušinių.

Pro sieną įėjo trys moterys, nuo galvos iki kojų apsirengusios juodai. Vietoj plaukų jos turėjo gyvates. Ir dar daugiau gyvatės šliaužė aukštyn ir žemyn jų rankomis. Jos skriejo į ją. Jų į šikšnosparnius panašūs sparnai kontrastavo su kambario tyrumu ir baltumu. Iš jų akių putoja kraujas, nes jos švystelėjo savo bičus jos link.

Jų smarvė buvo nepakeliama.

„Pasakyk mums, ką norime žinoti, - vienbalsiai sušuko furijos.

„Nežinau, ko jūs manęs klausiate, - suraukusi nosį tarė Rozalija.

KLAUSIMAS.

Bato spragtelėjimas perbraukė senolės skruosto odą. Kai ji palietė veidą ir pažvelgė į ranką, ši buvo nusėta krauju.

„Žinai, - pasakė Ally, o ji ir jos seserys dar kartą brūkštelėjo bičais šalia vyresnės moters.

„Nežinau, ką tu turi omenyje.“

Knygų lentyna apvirto. Jei ne sparčiai judančios kopėčios, Rozalija būtų po ja prispausta.

KLAIPĖDOS.

Aš sapnuoju, pagalvojo Rozalija. Man reikia pabusti. Man reikia atsibusti DABAR ir pabėgti nuo šių siaubingų smirdinčių padarų.

Krito dar viena knygų lentyna.

Paskui dar viena. Ir dar viena.

Netrukus kopėčios taip pat trenkėsi į grindis ir atšoko. Vieną, du, tris kartus. Paskui sudužo į gabalus.

„O ne!" Rozalija sušuko.

„Tu mums pasakysi, meile", - pareikalavo Tisi, pakeldama vyresnę moterį nuo žemės, kai jos gyvatiškos rankos apglėbė ją.

Rozalijos kojos pavojingai kabojo. O gyvatės stipriau suspaudė jos viršutinę kūno dalį.

„Atsargiai, sese, tu jai sukelsi širdies smūgį, - sušuko Megė, artėdama prie Rozalijos. „Duok mums tai, ko norime, meile".

„Aš tau nieko nesakysiu, nieko. Nesvarbu, ką man padarysi, - pasakė Rozalija.

Ji elgėsi taip drąsiai. Juk ji žinojo, kad yra ne viena. Lia buvo šalia ir klausėsi.

„Tai visiškas laiko švaistymas", - pasakė Allie, siųsdama į orą bičą ir numušdama visą knygų lentynų sieną. Keletas sparnuotų knygų stengėsi ištrūkti iš po lentynų. Viena bandė skristi vieninteliu likusiu sparnu.

Tisi pasisuko link tolimosios sienos ir padegė knygas. Jos kaip domino kaladėlės krito ant vargšės Rozalijos, kuri buvo palaidota po degančiomis knygomis.

Furijos garsiai ir išdidžiai juokėsi.

Rozalija mintyse pašaukė Lijos vardą. Kur esi, Lia? paklausė ji. Kur tu, mažoji?

Grįžęs į namus, E-Z atsidarė nešiojamąjį kompiuterį. „Gerai, mes turėjome galimybę išsimiegoti. Ar visi sutinkame, kad neturime kito pasirinkimo, kaip tik kovoti su Furijomis?"

Lia ir Alfredas linktelėjo galva.

„Ir mums reikia paimti tuos kitus vaikus ir atvežti juos čia. Mūsų yra trys ir trys iš jų. Lia, tu važiuok į Feniksą - Mažoji Dorita gali tave nuvežti arba tu gali skristi lėktuvu".

„Man labiau patinka Mažoji Dorrit."

„Gerai, pirmas vaikas surūšiuotas. Nors nežinome nei jos vardo, nei kur tiksliai ji yra Finikse, Arizonoje. Ir jums reikės išsiaiškinti su jos tėvais. Tai nebus lengva, nes turėsi jiems pranešti, į kokį pavojų pateks jų vaikas".

„Taip, turėsiu sužinoti daugiau detalių iš Rozalijos".

„Alfredai, tu gali vykti į Japoniją. Siūlau skristi - turėsime suderinti logistiką. Turėsi skristi atgal su vaiku, tai darant prielaidą, kad jo tėvai duos tau leidimą. Vėlgi, mums reikia konkrečių duomenų iš Rozalijos, kur tas vaikas yra. Be to, bus kalbos barjeras, nebent mokate japonų kalbą?"

Alfredas papurtė galvą.

„Pasamdysiu vertėją".

„Gausime tau telefoną ir galėsi įsidėti programėlę, kuri verstų už tave. Bus mokymosi kreivė, - pasakė E-Z. „Ypač todėl, kad neturi pirštų".

„Man tai skamba gerai, - pasakė Alfredas. „Turėsiu skubiai pradėti dirbti su telefonu. Neturėtų užtrukti ilgai, kol jį perprasiu. Tuo tarpu Rozalija gali pasakyti vaikui, kad esu gulbė - kad pirmą kartą mane pamatę jie nenugriūtų ir nenusilptų."

„Gera mintis, - pasakė Lija. „Bet kaip ketini spausdinti?"

„Galiu naudotis savo snapu.“

„Arba balsu aktyvuojamą programą, - pasakė E-Z.

„Šaunu“, - vienbalsiai pasakė Lija ir Alfredas.

„O aš skrisiu į Australiją. Grįžtu lėktuvu su vaiku, bet bus greičiau, jei skrisiu tiesiai ten. O ir dar vienas dalykas, turime sugalvoti sau spąstus. Kaip nors galėtume ištrūkti - tuo atveju, jei vieną ar kelis iš mūsų sugautų, nužudytų ar sužeistų. Turime būti pasiruošę viskam. Jei mirsime nebaigę šio reikalo, nebus kam pakelti pėdsakų“.

„Archangelai, - užkimo Lija, paskui nustėro. Ji krūptelėjo, paskui negalėjo sulaikyti kvapo. Ji apsivijo save rankomis.

„Ar tau viskas gerai?“ E-Z paklausė.

„Šššššššš“, - pasakė ji. Nei kambaryje, nei jos mintyse nebuvo jokių garsų, tvyrojo absoliuti ir visiška tyla. Jos širdies ritmas vėl tapo normalus, kaip ir kvėpavimas.

„Klaidingas pavojaus signalas“, - pasakė ji. „Maniau, kad kažkas negerai, tarsi būčiau gavusi SOS, bet dabar viskas atrodo gerai.“

„Ar dažnai taip nutinka?“ Alfredas pasiteiravo.

„Ne, - atsakė Lija.

„Gerai, pradėkime smegenų šturmą“, - pasakė E-Z. Likusią dienos dalį jie praleido sudarinėdami sąrašą, vardydami, kas galėtų būti blogai ir kas gerai.

Jie nuėjo į savo kambarius ir miegojo.

Naktis buvo rami visiems, išskyrus Rozaliją.

Rozalijos, kurios balso nebuvo girdėti.

Į kurios balsą niekas neatsiliepė.

Pagalbos neatvyko.
Baltasis kambarys buvo sugriautas.
Niekas neatvyko gelbėti Rozalijos.
Nuo piktųjų furijų.

Padėkos

Mieli skaitytojai,

Ačiū, kad perskaitėte trečiąją E-Z Dikenso serijos knygą... Atsiprašau už liūdną pabaigą, bet kartais taip nutinka.

Netrukus pasirodys paskutinė knyga!

Dar kartą dėkoju visiems žmonėms, kurie padėjo man padaryti šią seriją tokią, kokia ji galėtų būti, pavyzdžiui, mano beta skaitytojams, korektoriams ir redaktoriams. Pagarba!

Mano draugams ir šeimai, ačiū už palaikymą ir paramą.

Ir, kaip visada, laimingo skaitymo!

Cathy

Apie autorių

Cathy McGough gyvena ir rašo Ontarijuje, Kanadoje, kartu su vyru, sūnumi, dviem katėmis ir šunimi.

Taip pat pagal

YA
E-Z Dickenso superherojus Ketvirtoji knyga: Ant ledo
NON-FICTION
103 Lėšų rinkimo idėjos tėvams savanoriams, dirbantiems su mokyklomis ir komandomis (3. vieta geriausios literatūros 2016 m. METAMORPH PUBLISHING)